滄海叢刊

冰瑩書柬

謝冰瑩著

1987

東大圖書公司印行

©冰瑩書柬

作者　謝冰瑩
發行人　劉仲文
出版者　東大圖書股份有限公司
總經銷　三民書局股份有限公司
印刷所　東大圖書股份有限公司
地址／臺北市重慶南路一段六十一號二樓
郵撥／〇一〇七一七五－〇號
初版　中華民國七十六年二月
基本定價　肆元陸角柒分
行政院新聞局登記證局版臺業字第〇一九七號

再版序

回憶起來，已經是二十年前的事了：

一生為弘揚佛法而努力奮鬪的清和姑，特地從臺北請了乘如法師（筆名若水）去馬尼拉，創辦「慈航」季刊，這是紀念慈航老法師——「以佛心為己心，以師志為己志」的一個特別佛教刊物，這裏我說的特別，是指它不像普通一般佛教刊物，除了高深的理論，用通俗的文字傳達而外，主要的是發表各名作家的小說、散文、詩歌，以接引一般對佛教、對文藝發生興趣的青年男女，使他們因這份刊物的媒介，而走上積極的、光明的、充滿了快樂、希望的人生大道。

因為這個緣故，乘如法師，希望我主持一個信箱，以便解答一些青年讀者提出的問題，起初我猶疑不決，因為一來害怕沒有什麼人提出問題；二來萬一問題有了，甚至還不少，而我又沒有時間解答；第三，也是最大的問題，是我本身的學識有限，無論在文學、宗教各方面，我知道的太少，又沒有這兩者高深的修養，實在不堪勝任。後來想到民國二十九年至三十二年，我在西安主編黃河文藝月刊時，也曾附有信箱，成績還不錯；于是從慈刊第二期開始備有信箱，其中因病或因事曾間斷過幾期。今天能够把這些斷簡殘篇收集起來印成册子，留作紀念，首先要感謝乘如法師，當時假若沒有他的鼓勵和催促，我不會有恒地寫下去的；其次要感謝的是聖印法師，在他主編的慈明刊物上，也曾登過幾次「空谷回音」，一併收集在這裏。有些問題和解答，都有重複的地方，為了沒有時間仔細刪改，只好就這樣付排了。

最後，我要特別感謝師大校友黃麗貞教授，在她相夫教子，寫作授課百忙當中，抽出她寶貴的時間，為我細讀這一百多篇通信，然後選出八十八封比較有系統的，來加以分類，成為三大部分：

一、關于讀書。

二、關于寫作。

三、其他。

最後的四篇附錄，是我臨時加進去的，一方面，我躭心字數不够；另一方面這四篇文章的內容，與閱讀寫作都有關係；他們四位作家的成功，決不是偶然的，除了天賦的聰慧外，最要緊的是有恒的努力，和誠懇的虛心。

在這四位作家之中，有我的良師益友，也有青出於藍的高足，這是使我感到特別高興的地方。

本書初版，由力行書局發行，再版改在三民書局，謝謝兩家的經理先生，對我的愛護和協力，謹在此向他們致謝。

最後，希望青年朋友們喜歡這本小書，並請將你們讀後的高見，多多來信指教。

祝福每一個讀者前程無量，寫作成功！

謝冰瑩改寫於三藩市潛齋

中華民國七十五年十二月十二日

一、關於讀書

讀書的方法（一）

冰瑩先生：

今晚讀了先生的「愛晚亭」及「我的回憶」，怎麼也忍不住給先生寫封信，告訴先生我心中的羨慕與佩服。先生的文章眞是平易近人，最可貴的，是那裏頭，包含有多少的血淚和智慧啊！

我很喜愛寫作和攝影；但我寫的一些文章都自覺太嘮叨太瑣碎了；自己面皮薄，從未給人瞧見過，近來也很少寫，怕更生疏了；倒是攝影進步了不少。

我羨慕先生生長在中國最痛苦的偉大時代，生氣勃勃，吃苦耐勞，那像如今的社會，雍華而沒有骨氣，我眞希望能有吃苦的一天啊！

盼望先生回信，却又不忍先生爲一個平凡的小女孩費神，先生回我一張明信片，告訴我收到信了好嗎？ 祝您

身心愉快

請您告訴我讀書的方法好嗎？

十五歲的讀者金甌謹上

六〇、三、十、夜半

金甌同學：

讀了你那封行雲流水一般的來信，我感到特別高興！忍不住讀了一遍又一遍。

我很奇怪，你為什麼不投稿呢？你的文字那麼簡潔流利，一定不會嘮叨、瑣碎的，我希望你寄篇文章給我拜讀，還希望你和「慈航」結緣，多投幾篇稿來；假如與文章有關的照片，我相信編者也會歡迎的。

你只希望我回你一張明信片，我却願意和你寫封不算太短的信，因為你是個非常可愛的小姑娘，我願和你做個忘年的朋友。

怎樣讀書，這是個大題目，可以寫成洋洋萬言，至少也可寫兩三千字；但我的眼睛不許我多寫字，在這裏我只能簡單地告訴你幾個方法：

第一、首先要選擇好書閱讀，不要什麼書都抓來看，那會浪費你寶貴的時間，所謂好書，就是那些主題正確，內容豐富，詞句優美，結構緊湊，技巧高明，富有人情味的作品。

第二、找到了一本好書，你不妨多看兩遍，最好把心得寫在筆記上，以便下次翻看，準備自己寫作時好做參考。

第三、讀書時，心不二用。假如你一面看書，一面看電視；或者聽廣播，絕對看不進去的。

第四、「開卷有益」，這是古人說的話，也是勉勵我們要多讀書；自然這裏的書是指好書；可是又有人說：「盡信書，不如無書。」這就是告訴我們不要讀死書，要讀活書；而且要消化它，不可生吞活剝；我們要把人家作品中的精華，吸收到我們的腦海中來，做爲最好的營養。

第五、讀書有時要懷疑，不要盲從；要有自己的看法，自己的思想。有了疑問，就要找答案，能够和作者直接通信，當然問題容易解決；否則就得要查辭典，找參考書，來求到滿意的答案。

好了，我暫時寫到這裏爲止。

祝你

學業猛進

謝冰瑩上

六十、三、十五

讀書的方法（二）

——答方子游君——

朋友：

收到你的來函快一個月了，還沒有回你的信，你一定以爲我早已忘記了你向我提出的問題，其實我一天也沒有忘過；只因爲太忙，老沒有時間來寫信，今天，再也不能拖延了，再過一星期，就是民國五十九年，我總不能把信債賴上一年吧？

你問我讀書的方法，我現在把我自己的一點小經驗寫出來供你做參考，也希望你把你在這一方面的心得告訴我，大家來共同研究，我相信那樣比起一個人的經驗來，要豐富多了。

在我還沒講讀書方法之前，有三個先決條件，應當提出來談一談：

第一、培養讀書的興趣。

你說看了書，老是記不住，有時朋友介紹你一本很好的世界名著；而你看了索然寡味，因此你感到很煩惱，很失望。我以爲像你那樣年齡，正是記憶力最强的時候，你記不住書中的情節和一些優美的詞句，我想可能你對於讀書根本沒有興趣；要不然，你看的或許不是一本最好的著作。有時世界名著，內容的確很好，只因譯者的中文不通，譯出來不是嚕哩嚕囌，六七十個字一句，便是詞不達意；甚至把原文的意思完全譯錯了的都有；自然，像這樣的書，當然引不起讀者的興趣。

那麼，要怎樣才能培養讀者的興趣呢？我們偉大的 國父孫中山先生說「我一日不讀書，便一日不能生活。」要把讀書看做和吃飯穿衣一般重要，你才覺得書是非讀不可的！你要養成隨時隨地看書的習慣，例如你站著等公共汽車，不要以爲幾分鐘，幾十分鐘的時間，可以不愛惜，你試計算一下，一個月累積下來，你等車的時間，一共花去了多少？也許你和同學、朋友一塊兒等車，不便看書，要和他聊一聊，好極了！你們就彼此談談對于某門功課，某部書的心得吧，有了心得，你自然會對讀書發生濃厚的興趣。

第二、有恒。

有恒爲成功之本，這是誰也知道的。每天你分出一小時或半小時來看書，那麼一個月至少可以看完三部世界名著，一年便是三十六部；假如你看了十年，腦子裏有三百六十部的名著印象存在，你的文章還寫不好，我絕對不相信！反之，你倘若沒有恒心，一本書看幾頁或一半就放下，我敢斷定你不會成功；因爲世界上不論做一件什麼事情，半途而廢，一定會失敗的。

第三、注意健康。

沒有健全的體格，就沒有健全的學問和事業。我們讀書固然重要；但愛惜腦子，愛惜眼睛更加重要，不要繼續看書達五、六小時也不休息，那樣不但腦筋吃不消，眼睛更容易變爲近視，所以你不能在光線暗淡的地方看書；一小時，最多看了兩小時書以後，要站起來運動一下，或者散步十分鐘，然後再來繼續看。

讀書的先決條件明白了，現在再談方法：

一、眼到——看書一定要一字一句地看，不可一目十行，前面翻翻，中間、後面翻翻，所謂跳著看，這是毫無益處的。看書時，先準備好本子和筆，有好的詞句可以抄下來做參考，最好是分類抄，例如古典文學和現代文學不要抄在一塊兒；詩歌、小說、戲劇，最好分別記載。

二、心到——很多人看書是不用心的，看過之後，不到一個鐘頭，他就忘記了，幾個月之後，也許連書名和作者的名字都想不起來；至于裏面的情節，更不用提了。

我們看書時，一定要全神貫注，不可心猿意馬，眼睛看字，心裏却在想別的事；只要聚精會神，無論做什麼工作，都會成功的。

三、手到——在第一節裏，已經說到寫筆記，那就是手到。多少偉大的學者，都是從寫筆記做起的，例如梁實秋先生，是我國研究莎士比亞著作的專家，最初他不過喜歡閱讀莎士比亞的作品而已，並沒有立志一定要翻譯他的全集，後來越讀越有興趣，于是下決心從事翻譯莎翁全集。朋友，你也下個決心吧，選擇一個你最佩服的作家，讀遍他所有的作品，然後研究他，那麼，你可能就會成爲專家、學者。

這是一封在非常忙碌中草成的短信，要說的話還有很多很多，以後有機會再談吧。

敬祝

新春進步

謝冰瑩上

五八、十二、二十四

書到用時方恨少

冰瑩敎授：

前天謝謝您寄來兩本書，已經收到了，眞是使我萬分高興；同時又要謝謝您的美意，贈送我那本「慈航」。這在「長者賜」的話題上，使我獲得了無限的榮幸。

翻開您的「少年時代」第一頁，我卽激發了非常的感慨與讚嘆，因爲您在幼小的心靈裏，就有好學不倦的精神。如今您却是一個經驗豐富的作家，怎不叫我爲您的著作而嚮往寫作之路呢？

冰瑩敎授：我是您一位忠實的讀者，我誕生在一個農家。小學畢業後，沒再升學。我還記得，出了校門之後，連一封淺顯的書信都看不懂，幸好那時有一位很慈悲的姑姑（卽現在敎我私塾的老師），她是個方外人，住在竹東一所僻靜的禪院裏（師善堂），她的個性很和藹，待人很客氣，於是我在那裏做他的小學生；可是一轉眼，就是六個年頭過去了。在那時我只唸過兩年餘，直到現在，我仍覺得遺憾，自覺對不起她老人家誨而不倦的精神，一點也沒有上進。

現在我看到慈刊上，許許多多的名作家紛紛投稿，寫得一手好文章，努力爲佛敎弘法；這使我弱小的心湖上，蕩漾着一股「臨淵羨魚」之感。因我有熾烈愛敎的精神；但是「書到用時方恨少」，怎麼辦呢？

冰瑩教授：假使要爲我佛教喚起芸芸衆生，那末應從什麼方面着手，什麼方面去努力呢？請您抽出一點寶貴的時間，替我解答好嗎？

祝您

身體健康

晚謝景祥合十

五四、四、七

景祥先生：

謝謝你的來信。

在半年前，一位朋友送我一條小黃狗，牠很頑皮，郵差如果把信丟在地上，我不在家，就會被牠撕個稀爛，你的信也遭遇到這種情形，我費了很久才把它用漿糊補好，放在抽屜裏，一放就是三個多月，遲覆之罪，只有請你原諒了。

關于宏法方面，你應該向聖印法師請敎，我在這方面，簡直像個幼稚生，一點也不懂。你要多看佛書，從最淺的看起，慢慢地由淺入深，也許有一天，你會豁然開朗，一通百通，擧一反三，聞一以知十，那時你的精神，就會得着無限的愉快了。

你說得不錯，「書到用時方恨少」，不獨是你，誰也有這種感覺，我們要了解的學問太多！

而時間有限，我常常恨自己老得太快，學的東西太少；而付出的又似乎太多，所以常常感覺知識恐慌，要想補救，只有爭取十分之一刻的時間，手不釋卷，筆不停揮地工作，才能應付得來。

你還年輕，從現在開始努力，一點也不遲，只要你多讀多學，先充實自己的智囊，那麼，你就可以爲佛教多盡一些力量了。

祝你

努力

謝冰瑩敬覆

五四、七、二三

怎樣改正閱讀不好的習慣？

冰瑩教授：

自從拜讀了您的大作——「女兵自傳」後，感到您是位了不起的作家，後來再陸續拜讀了您的其他作品，如愛晚亭、碧瑤之戀、故鄉等等，更使我對您敬仰不已！

我想還是「開門見山」好了，下面就是我近來覺得難解的問題。

一、我每看一本書，首先總照着原來的計劃慢慢地閱讀；但到後來却變成走馬看花，匆匆地往下看，這是什麼原因？如何改正我這種不好的習慣？

二、爲什麼一本厚厚的小說，比一本薄薄的散文較受人歡迎呢？怎樣欣賞散文？

問題問得太幼稚了，請別見笑。有錯誤的地方，還請多多指教！

祝您

快樂

讀者廖振月敬上

五五、四、廿七

振月同學：

一、你看書起初慢慢地看，後來成了一目十行，這原因有兩個：第一、這部書的吸引力不大，起初你很有興趣，後來發現裏面的內容，沒有引人入勝的地方，於是你想很快地看完它，好像辦完了一件公事一樣，對你有沒有心得，你就不理會了。

第二，這也許是你的缺點，你做事沒有恒心，看書也是一樣。要改正這種不好的習慣，只有自己咬緊牙根下決心，非把必讀的書，從頭到尾仔細讀完不可！同時，你要寫讀書心得，寫得越多越好。

二、小說比散文受人歡迎的原因，是爲了有動人的故事在吸引讀者；可是散文的功用是很大的，它比那些無聊的小說好得多了。關於怎樣欣賞散文，季薇先生最近出了一本「散文研究」，（每本定價臺幣三十元）說得很詳細、很清楚，我現在鄭重地向你推薦，如果你要買，請告訴我，我可以轉告他。

此祝

進步

謝冰瑩謹覆

五五、五、八

怎樣自修？

謝老師慈鑒：

綿雨數日，朝夕稍涼，想必安好無恙吧？前承蒙熱愛，很快便接到手示，當時的高興，眞是難以形容，因我常覺環境不如意，現遇老師能爲欲學而無能力之人函授讀書方法」，實在太高興了；所以我應該先感謝您才是。因爲知道老師太忙，有些問題就待到假期再行打擾吧；不過在請示之先，我不害羞地坦白說出我的痛苦。每當我想寫一封信，有時花了半天功夫，還寫不來一封自己滿意的信；有時閱報，或者看小說，常感到生字很多，或意義不解。關於這幾點，我非常難過，老師已知道我只有小學畢業的程度；但不願意終生都這樣的落後，我是個女孩子，父母相繼去世，那裏還談得上半工半讀的計劃呢？只有在家事空餘的時間看看書，因爲沒有人指導，所以一點益處都沒有，希望老師教我，在家裏用甚麼方法讀書？我最先讀甚麼書較好？從那方面下功夫？只要能使學業有進步，我都願意努力，請老師指示好嗎？敬請

教安

後學廖梅子謹上

五六、八、二十

梅子同學：

看了你的信，我心裏非常難過！你從小學畢業就輟學了；但你有一顆向上求進步的心，我佩服你的志向，只要你有恒地努力自修，我相信你會成功的！

環境愈惡劣，愈能使人奮發有爲，人，愈受挫折，愈能再接再厲；所以古今中外，有不少偉大人物，都是由苦學、自修成功的，例子很多，我不必一一舉出來了。

你自修的第一步，最好訂一份國語日報看，因爲有好幾個副刊，「小朋友」和「少年」正適合你的程度；還有註解詳細的「古今文選」、精彩的「書和人」；還有「語文」、「家庭」、「科學」、「史地」各種週刊副刊，眞是包羅萬象，應有盡有。

其次，可以向同學借她們讀過了的國文課本來自修，買一本好的國音詞典，不認識的字，可以自己查或者向同學請教；至於文藝書籍，在經濟不寬裕的時候，千萬不要買，只向同學借來看看就好了。

光只看書是不够的，主要的方法，讀與寫並重，你可以練習寫日記，每天把重要的事記下來，練習文字，最好多寫讀書心得，少發牢騷，這麼努力下去，我相信三年之後，你的文字一定會寫得很流利，看書也不會再感到困難了。祝你

進步

謝冰瑩上

五六、十二、十四

怎樣選擇世界名著？

冰瑩先生：

也不知甚麼緣故，近來書攤上出現了許多厚厚的長篇小說，我眞不敢買，一來價錢太貴，二來我沒有時間來閱讀；何況厚厚的一本，實在不好拿，我只好把興趣轉移到外國小說；但是我覺得有許多譯者的態度，好像不夠嚴肅，出之於爛，好些用字、用詞、句法都生硬不妥，結果雖有許多翻譯名著，竟無法選擇，也不敢買了。不知您對此持何種看法？

您很忙，我又打擾了，眞對不起！

順頌

教祺

中藝學生陳傳銘上

五六、八、十二

傳銘先生：

我已經收到好幾封談翻譯小說的信了，的確這是一個大問題：有些英文程度好的，國文根基未見得好；又有些國文根基好的，英文程度又差，像我國的林語堂、梁實秋、黎烈文、英千里……諸位先生，中文英文造詣都很深的，譯出來的作品，像創作一般，看起來非常舒服。

你要選擇世界名著，最好多跑幾家書店，多看幾種譯本，只要站在那裏，隨便翻開看幾行，就可以知道他的譯筆是否簡潔流利？或者是佶屈聱牙，晦澀難懂。

有些西洋小說，譯文雖然生硬難懂；可是作者的結構、技巧和取材各方面，都有可供我們參考的地方，希望你不要因噎廢食，還是耐心地看下去吧。

此祝

進步

謝冰瑩上

五六、九、五

怎樣欣賞小說？

敬愛的謝教授：

您好？月考剛過，忽從我們李老師手中接讀來信，內心感到非常高興。我家曾在戰亂時期從山東故鄉，遷來韓國，親戚朋友全在大陸上，母親時常掛念他們。

我們的功課和國內相同，只不過多了一門韓文，一星期有兩節課。姊姊和我在僑中讀書，今年高一；哥哥在鄉村中當店員。我母親今年五十二歲，頭髮已白了大半，爸爸比母親大一歲，家庭生活尚稱小康。

謝老師來信，實在過於客氣。在近幾年，我所讀到的，只是老師著的散文，而沒讀過全集；但由散文中，使我對教授的文章，更加敬佩。

請問老師讀文藝小說該如何欣賞？並如何學習寫作？願老師多加指導。

現在我們的功課，最使我們煩惱的是歷史，因它一課是兩三張，這課講宗教革命，下課講英法戰爭，使我們弄不清楚。歷史老師曾寫信給編者王德昭先生，他說他本來編的是一部少年童話史，後被正中書局給改了，編成現在所讀的歷史書。這種書對我們的知識並沒有幫助，我們只好自修罷了。

敬祝老師

身體健康

讀者朱厚廉鞠躬

五六、四、二十二

厚廉同學：

你的來信收到很久了，因爲手痛還沒有好，到今天才回信，請你原諒。

我以爲欣賞文學和看小說，是大有區別的，正如看電影和欣賞電影不一樣，是同一個道理。因爲看小說，有時是消遣；有時只想知道故事就得了；而欣賞小說，你一定要用研究的態度去了解作者的思想和人生觀，仔細研究作品中的主題、結構、技巧、故事、人物、修辭……你不能一目十行地看，必須一字一句仔細地去讀，自然，這是指有價值的名著而言；至於談到學習寫作，先從短篇散文寫起，要言之有物，不可無病呻吟。我記得你的李懿宗老師那裏，有拙作「我怎樣寫作」，你可以參考，恕我不多說了。

謹祝

進步

謝冰瑩上

五六、九、廿五

小說有好壞的區別嗎？

謝老師：

我是一個華僑初中二的學生，現就讀於華僑中學。從慈航雜誌上，我們時常欣賞到您的大作；從您那些感人的傑作中，使我們青年皆漸漸了解到如何作人的道理。

對於看小說，好像特別引起青年人的興趣，我當然也不例外。我時常拿到一本小說，總恨不得一口氣能把它看完。現在我的同學們經常買些星期小說文庫，與新潮文庫等小說來交換著看，有的簡直看得入了迷。有一天，我在班裏正看得津津有味時，忽然被我們的級任導師看到了，她把臉一沉，說這都是些壞小說，在我們做學生的時代不宜看。我聽後不禁感到迷惑了：小說還分什麼壞的和好的？好小說與壞小說究以什麼為標準呢？在我們求學時代，應該看些什麼樣的小說才好呢？

謝老師！我相信您會以菩薩的慈悲心腸，給我明確的指示。在此，先向您說一聲「謝謝」吧！

敬請

教安

學生張芬樹敬上

五四、五、十五

芬樹同學：

你的級任導師不許你們看小說；而且說都是壞的，未免有偏見，也太武斷了！

你問我小說有好壞之分嗎？有的！所謂好的小說，是指那些主題正確，文字優美，結構緊湊，技巧高明，使人看了得到向上向善的啓示。它好像一盞明燈，在黑暗的人生旅途上，指引你前進，告訴你怎樣克服困難；什麼人是好人，什麼人是壞人；什麼事我們應該做和不應該做。我們不要以爲小說只是供給我們消遣的，只須看看故事有沒有趣味就行；要知道小說的功用在於描寫人生，表現人生，批評人生，指導人生，所以好的小說可以使消極的人變得積極，使壞人變成好人，也可以把整個性格改變；而壞的小說呢？剛好和好小說相反，它可以誘人走入歧途，不知不覺地墮落於物慾或情欲之中而不能自拔，正像有些小朋友看了武俠小說，他們就眞的跑去深山修道一般，他們以爲道修到家，就可以起飛，長生不老；於是煉丹、煉氣，那些古怪思想都產生了。這麼一來，有些對小說有成見的人，他們是不贊成青年男女看小說的；但他只知其一，不知其二。好的小說，在人們的腦子裏起的作用，有時比「聖經」還要大呢！

明白了這層利害關係，所以我們看小說之前，一定要經過嚴格的選擇，才不會上當，看了才不會於心身有害。

同樣描寫男女愛情的小說，有的高尚，有的低級，有的能培養純潔的情操，有的使人看了墮落。在學生時代，最好先向老師請教，應該看那些作品，那些雜誌，我想他們會指導你的。

為了我近來特別忙，恕我沒有詳談。

祝你

進步

謝冰瑩謹覆

五四、六、二十三

如何區別作品的優劣？

謝教授：

我是一個中學畢業不久的學生，喜歡練習寫作，對於閱讀文藝作品有濃厚的興趣；尤其是小說、散文和報告文學，所以看過的書可說不少；然而總覺得雖看了許多書，自己寫起文章來仍未有進步，有時詞不達意，這是甚麼原因？閱讀文藝書籍，不是能增進寫作的技巧嗎？有價值的作品，應具有那些基本條件？作品的優劣，如何區別？以上幾個問題，盼望教授答覆並賜教。讓我先在此謝謝。

敬祝

康健

讀者許金城敬上

五七、三、七

金城先生：

三月七日來信收到，謝謝！

一、你說讀了很多書；可是文章仍然寫不好，這是你的自謙，我相信你的文章一定會寫得很流利的；不過自己不覺得罷了。

一般來說，閱讀與寫作，是有最密切關係的，看的書越多，寫起文章來越容易，越好；等於我們吸收的營養多，身體結實一般；可是讀書應該注重方法的，要能够吸收別人的精華，而且全部能消化；否則你雖然讀了幾千幾萬部書，還是毫無用處的。

至於詞不達意，也許是因爲你寫的文章太少了，我以爲天天寫日記，每週規定至少寫一篇文章，如此嚴格地執行，我相信兩三年之後，一定能寫出優美動人的作品，你不妨試試看。

不說別的，單擧學鋼琴爲例子：他們每天在練，假如間斷一星期不彈，手指頭便硬化，譜子也會忘記了；我們寫文章也是一樣：天天拿著筆在寫，文思如潮湧，越寫越快；假如一兩個月不動筆，就感覺很困難了。

二、小品文和散文，大體說來，性質差不多；但是你要是仔細分別，還是有不相同的地方，例如一些報紙雜誌上的書評、雜感和理論性的短文，包括方塊、社論等稱爲散文；而小品文多半是指那些有詩情畫意的抒情文、描寫文、敍事文而言，例如朱自清的『背影』、『荷塘月色』；徐志摩的『我所知道的康橋』等稱爲小品文。

三、有價値的作品，第一個條件，應該是主題正確，使讀者看了能獲得益處，所謂有啓示人生，改造社會的力量；其次是情節動人，文字優美，結構緊湊；倘若是小說，他描寫的人物，是不是性格突出？寫景、抒情，能不能使讀者看了感到滿足，起共鳴作用？

有些作品，文字很美；但是思想錯誤，主題不正確，等於外面包了糖衣的毒藥，我們看了之後，非但無益；而且有害，這是最要不得的作品，我們要勸告年輕的朋友，千萬不要看它。

我們的人生有限，要讀的書太多；而時光又過得這麼快，所有作品一定要經過一番選擇才能閱讀；否則，徒然耗費了寶貴的光陰而又一無所得，這又何苦呢？

金城先生，你認爲我的話對嗎？請你指教。

即祝

筆健

謝冰瑩謹覆

五七、三、十六早

王尚義的作品是受了存在主義的影響嗎？

謝教授：

寄來的信，我已收到。謝謝您懇切的斧正，對錯別字，我一向是不加留神的；您的提醒，使我不能不謹防，特別是寫作，一字之差，豈可以道里計？希望今後，您還能指正我，我一定戰戰兢兢去學習的。

您的「綠窗寄語」是陸續地寫？還是一骨碌地把它完成？叫我指教？實不敢當，反過來，我要您指敎的地方多哪！不過我很願意表示一點淺見：您的文筆沒有匠氣，很口語化，不像一般人狠命地注重詞藻。文中像慈母對子女講話，給人一種親切的感覺；細細咀嚼，還有一股溫馨的餘味，字字語重心長；反觀國內的一般作家，找不出幾個肯道出自己的弱點的。您不但例外，還能借它引導別人，令人由衷的敬佩呵！十年後的今天，您又開始寫「綠窗寄語」，您預想中，什麼時候可以跟大家見面？眞怪，您的著作在南部常買不到，對一些喜愛您作品的人，都急切要知道原因。就拿那本「女兵自傳」說吧，問遍了斗六各大書局，結果還是沒有。「斗六」這地方不算小的，是雲林縣府所在地，居然都購不到，想看您的書，也眞不容易呵！更怪的是，在報紙雜誌上，也很少看到您的作品，朋友造訪，教書，改作文，這些都很費時間的，也許因爲這，您一直爲時間的奴隸，可能的話，您應該致力於創作的。長江後浪推前浪，說得不無道理，必須引以爲戒呀！您可不能認爲我竟在教訓您了。幾年來，我一直都是您的忠實讀者，當然我有愛護您的權利。

您現住師大宿舍嗎？家中共有幾人？眞想知道。

那篇「有恒」，是在「今日東海」發表的嗎？唉！您又把自己說得那麼糟糕，其實，您的字很不錯的。看您的作品除了學寫文章外，還可學到很多作人的道理，在此，先預祝您的字能寫得更好。

時下有許多青年學生，甚爲推崇王尙義的作品，您看過這人的書嗎？有人說他的作品太過於灰色悲觀；又有人說他敢講直話，很能代表這一代青年的思想。總之：人云亦云，說法不一。他已出版的六本遺集，我全都看過，我也認爲他是個典型的現代青年，以銳敏的感覺，透視了現在的人生——孤獨，苦悶與無助。對現在人們對金錢的重視與崇拜，更作了詳盡的剖析——金錢萬能。他的看法，雖然是事實，但不一定正確，似乎在其中尙缺少什麼。現代文學在反映人生，這一點他做到了；但是他的眼光太偏視，所看到的，只是社會黑暗陰慘的一面，像在狂風怒海中的一葉扁舟，只注意到環境的險惡，而忘記抬頭仰望遠方的燈塔，難道人只有睜着眼，等待末日，而不力求克難的途徑？當然他是在痛苦中掙扎過來的人，他的目的也許是在喚醒一般人的白日夢，打碎一般人的空中樓閣；可是，這類存在主義色彩較濃的作品，對一般不肯針對人生作深入探討的人們，是不適宜看的，容易導致苦悶而無法自拔，我的感覺是這樣的：一個人應該了解現實，但不能太現實；否則，人生便成了一望無垠的沙漠了。法國卡繆的「異鄉人」，反映當時的社會，也是忠實的，冷酷和無情，自然產生一種逼人的氣氛，使人受不了，王尚義他多少受到卡繆的人生哲學影響，在這方面，我知道得很少，您給我指點迷津好嗎？

此祝

近好

李展平敬上

五八、五、三十一

展平同學：

我眞高興讀到你的長信，你對我的過獎，我感到萬分慚愧！本想把那段話刪掉；但又覺得有點對不起你，還是照你的意思發表吧。

我沒有多寫文章的原因，除了你說的三個外，再加上我的身體不好，常常把時間消磨在醫院裏；加之三年多來，舍下沒雇女工，一切自己動手，所以忙上加忙，欠下了許多文債，信債，我希望在暑假期間，能還淸這些債務，以減輕精神上的負擔。

「綠窗寄語」，本來我不想再寫；但爲了東海中學的校刊編者，是師大的校友吳光華先生，他一定逼着我寫，沒法，只好又開始和青年朋友們筆談。我大約一個月給他們一篇，也許還給別的報刊寫一點，一年之後，就可出版第二本綠窗寄語了。（說不定出合集。）

你對於王尙義的作品，分析得很正確，我曾經看過他的「野鴿子的黃昏」，你大概還記得有位景美女中的學生，爲了一個人躱在情人谷看這本書，結果犧牲了一條生命，她死得那麼慘，那麼不値得，不知引起多少人爲她嘆息。

王尙義是個可愛而可悲的青年，正如你所說：他「只看到社會黑暗、陰慘的一面」，沒有看到光明勝利，充滿了人情味、充滿了快樂希望的一面，他「像在狂風怒海中的一葉扁舟，只注意到環境的險惡；而忘記抬頭仰望遠方的燈塔」，一點不錯，你說得很對。目前，不知有多少青年，整天在叫着：「苦悶啊，苦悶！」他們在十字路口徬徨，他們迷失了方向，學問的根柢沒有打好，却整天在發無謂的牢騷，大多數是無病呻吟，這與他們看的書，交的朋友，都有關係，我想：很可能王尙義受了「異鄉人」的影響。這本書，我曾仔細地看過一遍，我不相信眞有那麼一個兒子，母親死了，他絲毫也不動心，（更莫提傷心了！）還要罵別人爲他母親之死傷心流淚是虛僞的，他能和他的情人在那個時候，盡情享樂，除非他是禽獸；否則，我不相信眞有這種人。

寫到這裏，我很納悶，爲什麼「異鄉人」能得諾貝爾獎金？或許那個審查這部稿子的人，也是卡繆的同志吧？一定是作品中的情節，能引起他的共鳴，才給與作者這麼高的評價，老實說，這種太不近人情的思想，我想不會有多少人歡迎的。

至於存在主義，我一點不懂，曾經有位朋友告訴我：「存在主義，是一種絕對自私的主義，只許我存在，却不許別人存在，只許我有充分的自由，却不許人有自由。」自然，這未免是偏激的看法，我不想研究它，也勸你不要把寶貴的時間，放在這個上面。展平同學，你是個最有希望的青年，你的前途，充滿了光明燦爛。這個世界是美麗的；尤其我們的中國，是可愛的。儘管目前我們眼睛所看到的，耳朶所聽到的，有不少現象令我們失望，甚至悲憤；但爲什麼我們不努力去探求眞、善、美的人生？爲什麼不積極地充實自己的學問，培養足够的能力來改造社會，建設社會呢？

說得太多了，你該不嫌我嚕嗦吧？

祝你

愉快

謝冰瑩敬覆

五八、六、十五

怎樣看小說？

冰瑩先生：

請你恕我唐突，在你愉快的假期生活中，我寫了這封信來擾亂你的心緒。我是一個初出茅廬的學生，關於閱讀方面有幾個問題要請教你：

一、我們閱讀一本小說，假設只讀一遍，對我們寫作能力有什麼功用？

二、假如閱讀一本名作家的散文，欲使其消化，而對於我們寫作有所幫助，須閱讀幾遍？

三、閱讀小說是愈多愈好（只閱讀一遍）？還是少而精讀的好？

冰瑩先生，我寫得太嚕嗦，也太幼稚了，希望您能原諒，而且給我一個詳細的答覆。

順祝

假期快樂

您忠實的讀者藍文瑞敬上

五三、二、五

文瑞同學：

一、看小說有好幾種看法：一是略讀；二是精讀；三是仔細研究作品中的故事、人物、結構，技巧、主題、時代背景及社會背景，進一步去研究這位作家所有的作品及其思想體系；假如只看一遍，不去仔細體味，對於我們寫作是沒有什麼幫助的。

二、讀散文，也像我們讀小說一樣，假如是一部好的散文，至少你要看兩三遍，找出每一篇中的主題，欣賞作者的技巧，研究他喜歡用那一類的詞彙？他所描寫的合不合理？近不近人情？古人說：「好書不厭百回讀。」我們平時也常聽人說「百看不厭」。一部偉大的作品，我們看過十遍以上，也不覺得多，而且每次多讀一遍，就能多得到一次的益處，你如不信，試驗幾次，就知道我說的不錯了。

三、與其走馬看花地多讀許多部普通小說，不如精讀幾部好的小說，讀時，千萬不要忘記了做筆記，否則看後就忘了，仍然等於沒有看。

匆祝

進步

謝冰瑩上

五三、三、七

現代小說與舊小說的優劣？

謝老師：

您好？現在我有個問題請教老師，懇請老師能給予解答：

我素來對文藝很感興趣，所以我從上初中開始，就是個小說迷（是個中國舊小說迷）。舉凡我國較爲大家所熟知的小說，我差不多都讀過；因此我的文筆也深深受到影響。我覺得寫文言，或半文言比較順筆隨意，寫白話比較困難；甚至我根本無法寫一篇純白話的文章，這不能不說是舊小說深深地影響了我；至於近代小說，不知是否我有偏見，我根本就不看，也不想看；因此我對於近代小說，是否進步，或進步到什麼地步，一無所知。我只知道像舊小說那種敍事法，用於寫信或議論事理，信筆寫來，非常順手達意。最近，我閒來拿起報紙一看，那些社論專欄小說，光就副刊上所載的文章，十有八九都是前面一段類似開場白，完了之後敍事開始，都像劇本的那種對白，什麼括弧裡是人物的說話，括弧後，又補以人物的表情動作，這種現身說法的描寫法，心意可能暢達；然我總覺得不如舊小說那種以第三者敍事（如儒林外史）的寫法，讀來順眼順口，覺得現代小說讀來很彆扭，這可能是我的愚昧，落伍偏見；所以在這兒我想求老師給我解答，究竟像現代小說這種筆法，是否是文藝進步的結果？而舊小說那種直接敘事法落伍了？兩相比較，各有何優劣？懇請老師有空給我解答。

祝好

學生古榮貴上

五三、二、二十

榮貴同學：

讀了你的長信，我不知要怎樣回答才好。因爲你說現代小說，我不知道你是指的「五四」以後的新小說呢？還是目前少數人提倡的現代小說？如果你說白話小說不好，「儒林外史」，大半是用白話寫的；不過那種章回小說的形式，和夾雜著一些舊詩舊詞，所以我們稱它爲舊小說或古典文學。

眞正的現代小說，據說不描寫人物，也不敍述故事，更不要主題，背景也不要，隨作者的意思愛怎麼寫，就怎麼寫；這與抽象畫一般：看的人，如果問：「這幅畫表現什麼？有沒有主題？」對方一定會回答你：「你看它像什麼，就是什麼，不要問主題，我們並不需要它。」

現代小說，也不要主題。我去年在一本新的雜誌上，看到一篇現代散文，一個標點也沒有，作者的意思是，隨你愛怎麼讀就怎麼讀好了。我想：這種革新法，恐怕有很多人不贊成吧，因爲太不方便了。

假如依我的看法：舊小說，有它的優點，也有它的缺點；例如觀察深刻，描寫細膩，常識豐富，技巧高明，是它的優點；缺點呢？作者爲了賣弄他的才華，有時喜歡用冷僻的字眼，有時故事快到緊要關頭，他就來一個「欲知後事如何？且聽下回分解。」作者在賣關子；但讀的人看得多了，就成了公式化，沒有創造的意義，覺得索然寡味；而新的白話小說呢？每個人都有他自己的寫法，不受別人或什麼法則的影響；文字通俗、流利，什麼人都看得懂；同時因爲寫的是現代人的生活，多少與自己的生活有親切之感，所以受到廣大讀者的歡迎；缺點呢？有些過於冗長乏味的描寫，不是細膩，而成了嚕嗦；有些在人物描寫上，過於誇張，或者在描寫兩性，戀愛方面，表現太露骨，沒有含蓄，就缺少美；還有些不重視主題，甚至反對主題，主張以描寫色情爲革命的小說，那更失去了作品的眞善美了！

我以爲你不喜歡白話文小說，因爲你看得太少的緣故；如果你看得很多，一定會發生很大的興趣！

時代是進步的，寫作方法也是進步的；我們可以這樣說，「五四」以前的小說形式是落伍了，新小說是進步的現象，將來若干年後，也許我們現在寫的這種形式，又會落伍也未可知；不過無論時代進步到什麼程度，古典文學還是有存在價值的，因爲一個時代有一個時代的代表作品，我始終認爲：凡是藝術，沒有新舊之分，只有好壞之別；那就是說，舊小說有好的，也有壞的；新小說有好的，也有壞的，不可一概而論，我這種淺見，不知尊意以爲如何？

最後，請原諒我遲遲覆信。

謹祝

努力

謝冰瑩上

五三、九、三十

看外國名著，是否應讀原文？

冰瑩老師：

這裡有三個小問題，請您賜答：

一、市面的書太多，想看又覺得不著邊際，又不知那些好？那些壞（名著例外）？所以希望老師能給我們介紹一下，最好列出書目。

二、寫小說時，用字與辭句覺得太幼稚，如何迅速求進步？

三、讀外國名著，是否應讀原文（因有些譯本的確不敢讚美）？又：徐志摩的文章，與朱自清的文章，他們的優點在那裏？

學生康男敬上

五三、二、五

康男學棣：

一、你這個問題，把我難倒了，這兩年來我因血壓高，常常頭暈，所以很少看書；尤其新進作家的長篇小說，我實在想看而又沒有精力，因此我不能爲你列出書目；請你在買書或借書之前，最好向同學們打聽一下，那些書是水準以上的，那些書並不十分好。最簡單的方法，你先看看內容，假如這位是名字熟悉的作家，自然你的心裏已有了底子，至少作品的好壞，你已有了初步的印象；假若作者是陌生的，你打開書來看看，文字是否通順、流利？再翻翻中間和最後，可能有幾句話表現了主題，那麼作者的思想是否正確，你從此可以得到一個概念：「這本書可以看一看；或者：不值得看。」

二、寫文章，不比什麼技術訓練，可以開辦速成班，它是慢慢地進步的，你想迅速求進，惟有多讀多寫；捨此而外，絕對沒有第二條捷徑。

創造新詞，是我們每個從事文藝工作者應該努力的；可是如果還沒有創造的能力，就用舊詞也沒有關係，主要的要看你的組織力量如何。

三、我和你有同感，有許多世界名著，因為譯者的學力有限，生吞活剝地把原文搬過來，不是生硬難懂，便是六七十個字的長句子，使你無法看下去；倘若你的外文根基好，最好閱讀原文。

徐志摩和朱自清的文章，各有千秋，兩人的作品都是我所愛讀的，徐文熱情奔放，長於描寫，有寫景如畫之感；但過於雕琢，又覺得有點不大自然。朱自清先生的文章情感豐富，非常自然，不大講究字句的推敲，為文如行雲流水，讀來餘味無窮。

這麼簡單的答覆，不知能使你滿意否？

謝冰瑩上

五三、三、六

從事文藝寫作，應讀古文嗎？

謝老師：

很對不起，明知您很忙；但我有三個小問題向您請敎，請您抽出幾分鐘的時間指示我，非常感謝！

一、熟讀古文，不知對文藝寫作有沒有幫助？應不應該多讀？精讀？古文與近代世界名著兼顧並重，抑是後者重於前者？

二、學詩詞不知對寫作有何影響？會不會改變寫作的方向？

三、閱讀世界名著，每本須多看幾遍？或多作閱讀心得？其內容要寫筆記嗎？

學生陳坤濱上

五三、五、六

坤濱學棣：

來信收到，謝謝。你的問題，簡答如下：

一、熟讀古文，我以爲對於寫作大有幫助；但你一定要經過選擇，讀那些富於文藝內容的；同時不要食古不化，一定要經過細細的咀嚼，把古文的精華吸收到腦子裡去；而把那些不能消化的渣滓吐出來；至於要不要多讀，精讀，那就要看你的時間和興趣了；當然，好的作品，不妨多讀、精讀，我相信對你寫作只有益而無害的。最後，我覺得多看世界名著，對於你寫作的吸引力，來得大一點。

二、你是讀國文系的，自然要多研究一些舊詩詞。依我看來，詩詞裡面有很優美的辭藻，高超的意境，和深刻的抒情，不論在寫景、敍事、抒情……各方面，都比有些新詩强。（自然，新詩裏面也有很好的，舊詩裏面也有壞的。）只要你抱定一個讀詩詞，是要它服從你的指揮，那麼就不會受它的支配，而改變了你的風格。

三、假如你認爲是一本最好的世界名著，你儘可多看幾遍，如你要寫讀書筆記，至少要看兩三遍，我是主張寫心得筆記的；否則，看過就忘記了，試問你看了之後，對你的寫作，有什麼幫助呢？

謝冰瑩上

五三、六、四

研究文學，同時可以學英文嗎？

冰瑩女士：

首先要請你原諒我的冒昧陳詞。

我是新化白溪人，對你的認識，那是在故鄉求學的時侯。我有一位同學，可惜我除了還能記起他姓謝之外，再也想不起他的名字來了。他，成天忙於寫稿子，據說：他是受了你的影響，因爲他也是大同鎭的人呢！此後，我漸漸喜讀散文集，曾在你的著作裡，看到你說人家對你和冰心兩人分不清楚；而我却不在列，因爲你是我的同鄉，我是容易分別清楚的。

「寫給青年作家的信」，這是我第一次讀你的作品，地點是在臺灣。那時我尚在軍中，書是同志們借給我讀的。至今，猶留下很深的印象，你叫人寫日記，我斷斷續續寫到去年，可以說全是受了你的影響。

我生來愛好文學，但從未得到正常的培養。我在益陽五福中學高中部尚差一年畢業，學校對於學生的課外讀物從來不注意，我自己曾買過幾本作家選集一類的書讀，但印象已經消失淨盡了。三十九年（到臺灣後兩年）離開軍職來到一個工廠，廠裡圖書室小說很多；可是滿腦化學方程式的廠長，勸我不要看小說。不久，我考取臺灣省警察學校，繼續我的小說閱讀計劃，後來被一位同期同學把我這個計劃破壞了，他告訴我如何參加高普考，如何去取得公務員的任用資格。我認爲自己學歷太低，立刻接受了這同學的建議，直到民國四十四年，我終於通過普檢普考而高考及格了，隨着因考試及格而取得中學教員的資格，於是我也忝爲人師了。

在上述過程中，我拋開了散文小說已四五年，但心情不愉快時，仍有賴於小說的調劑。一度，我曾想在受到挫折以後，丢掉高考的目標，參加創辦不久的中華文藝函授學校，後來終究被高考的念頭戰勝而打消了。直到考試及格，我立卽丢下了枯燥無味的政、經、法律等社會學科，毅然恢復了文學生活；然而到了這裡，我首先敎史地，後來才設法改敎初中國文。記得你曾在那本書裡說過，要想寫作，敎敎國文，批改學生的作品也是有益的。我秉着這種觀念敎國文；但過多的作業，花費了我太多的時間，使我又改敎地理了。此時我正是中藝函校的學生（八一一〇二六）需要太多的自修時間寫心得和作業，這也是我放棄敎國文的原因之一。我在函授班最大的心得，是作業的批改和啓示，當我寫成一篇篇的作業，有時也能得到敎授們的嘉許時，我心理十分滿意和愉快；同時我知道國文的基礎，是建立在我國的四書五經及文獻上，於是我想更進一步求古典文學之瞭解；然而古典文學浩瀚如海，不知從何着手，後經一位漢壽同鄉（本校同事）指引我先從爾雅開始；但爾雅枯燥無味，一下把我的興趣降低至零度，於是我又改攻英語了。

我對於學英語的想法是：一、出路多；二、與文學仍然相通，看翻譯小說有時覺得不過癮，假如能看原文小說那該多好；可是一種語文的學成，不是簡單的，我有時興致勃勃，認爲英語再難十倍，也可學好；有時却因家事煩瑣，影響學習情緒，不如依着胡適先生所說的「因興趣而讀書」，再轉回專研讀文學的好；有時也認爲中西文學都能窺知一二，似乎更有用處；可是又覺得人之精力有限，弄多反而一事無成，矛盾叢生，莫衷一是；因此想到來問一問你：因爲你不但是我的同鄉，而且也是我的老師。當我看到你的「愛晚亭」，我就寫了我的「崇陽嶺」；當我看了你的「一個女性的奮鬪」，我不但感覺得格外親切，而且還領略到了眞切與自然的作品，才是讀者所愛好的！「兩塊不平凡的刺繡」，你的母親曾說的那一堆「心」，我的母親不知說過幾多遍，但我不能寫出。因此我如能得到你的回信，那將是我畢生引以爲榮幸的；如能再在回信內，指示幾點我今後應注意或改進之處，那我將認爲是最珍貴的意見，我今天的「長篇大論」，也正是爲此而發的！

最後請問「從軍日記」和「女兵自傳」，什麼地方有賣？

敬祝

安好

鄉晚劉樂仁上

五三、一、卅一

樂仁先生：

眞對不住，昨晚我整理抽屜，在一本日記裏，夾着你的長信，雖然過了好幾年了，不知道你的地址改變了沒有？我現在一方面給你去信，一方面在這裏解答你的問題。

你是個努力上進，非常可敬的青年，讀了你的信，知道你天天在致力於閱讀與寫作，可以斷定你的前途是無限光明的。

今天我想回答你兩個問題：

一、你研究古典文學，不應該先讀爾雅，應該先把水滸傳、三國演義、紅樓夢、西遊記、儒林外史、老殘遊記……等仔細研讀，包你會得着許多寫作的技巧。

二、研究文學同時可以學英文，這非但不衝突；而且大有幫助。像你的文字這樣流利，假如把英文讀通了，你可以從事翻譯。我們常看世界名著，有些譯者因爲中文根基太差，所以把外文的倒裝句全部照原文譯出來；有時一個句子有五六十字也不會斷句，使讀者的興趣大打折扣。不錯，讀英文是需要耐心的（研究任何學問都需要耐心）。我從中學開始，就討厭查字典（只限英文），所以到今天英文還沒有讀通，這是我感到最遺憾的事。

現在不知道你的計劃怎樣？教書還是做事？我希望你能看到這封回信；否則，我眞太難受了！

至於你問到的「從軍日記」，這是四十年前的作品，早已絕版；「女兵自傳」在臺北市的重慶南路力行書局可以買到。

此祝

筆健

謝冰瑩上

五六、三、二

文學與哲學的關係如何？

謝老師：

我很早就想寫封信給您，以使我腦海中的疑惑消於無形；但又恐浪費您底寶貴時間，躊躇再三，至今才有勇氣提筆寫封冒昧的信，躭誤了您的時間，眞過意不去！

幾年前，我就對文學發生興趣，最近又對哲學有興致去研究，但沒有目標，沒有步驟地瞎摸，一定不能有甚麼成就，我想。

我底疑惑有以下三點：

一、研究哲學須具備甚麼條件？其研究步驟、方法如何？

二、要做哲學家是否一定要進學院專修？有沒有自修成功的哲學家？

三、文學與哲學的關係如何？哲學對社會的影響怎樣？

我有過終生從事文化工作的願望，甚至幻想著將來能成爲作家，能創辦刊物。我就是由這些憧憬造成現在的我——蒲公英。我願意學作家們底博愛與熱情；但我只是在文藝大海裡摸索，除了迷惘、疑惑、矛盾之外，就是恐有覆舟之禍，渴望著有位文藝先進者能加以引導、鼓勵、啓蒙。假如您不認爲冒昧的話，我冀望能得到您底指導，並與您通信。

夜闌人靜，睡意已濃，就此擱筆了。

爲文化工作者敬禮

爲您底健康祈禱

迷失在文藝大海裡的蒲公英敬上

五五、十、三日

蒲公英先生：

拜讀來函，我眞不知要怎樣回答才好，因爲對于哲學我是門外漢，雖然看過幾本有關這方面的書，但究竟知道的太少，現在我且簡單地答覆你的三個問題：

一、研究哲學的第一個條件，要問是否與你的興趣相合？只要你對它能發生好感，便可以開始研究；第二，不論你研究哲學、文學或科學，你要持之以恒，不可見異思遷，半途而廢；第三，研究哲學的步驟，最好由淺入深，實事求是，不要好高騖遠，强不知以爲知。方法：多寫筆記，多看參考書。

二、世界上有自修成功的文學家和哲學家，可以不必進學院專修；但最好多拜幾位哲學家爲師，請他們經常指導你怎樣研究。

三、文學與哲學有很密切的關係，一個有哲學修養的作家，他所寫的作品裏面，含有人生哲學的意味，讀起來使你如飲高粱，有一種濃郁的芬芳和醉意，使你更認識人生，了解人生；至於哲學對社會的影響怎樣？這個問題在乎研究哲學者本身，有人研究一輩子哲學，他的理論高深莫測，玄之又玄，對第三者絲毫沒有裨益，到最後，自己得了神經病嗚呼哀哉；有人研究哲學，是爲了改善人生，美化人生，提高人民的生活水準，促進文化日新又新，我相信你如果研究哲學，一定是屬於後者。

在這裏，順便告訴你，佛學是哲學的一種；而且是人生最具有眞、善、美的哲學，希望你多多研究它。

你想將來辦刊物，或成爲作家，這都是一定可以辦得到的事，我希望和你通信，大家共同勉勵，共同努力，謹在此預祝你

前途光明

謝冰瑩上

五五、十二、十

學識與見識那樣重要？

謝教授：

我是一個在校讀書的青年學生，因對於「學識」與「見識」在不能並得時，那一種較實用這問題，難以判斷自己的意見是否正確，煩請教授賜予指示。

現在我先把自己的意見陳述於下：

我認爲有書本上的學識，而無經驗上的見識，只是所謂「知其所以然，而不知其然」；反之，有經驗上的見識，而無書本上的學識，則屬於「知其然，而不知其所以然」；但我覺得學識似較重要，因爲單有見識，雖不知其原理爲什麼；但却能憑經驗去做，而學識知道爲什麼，却不知怎麼做。因而我才有此感，教授以爲然否？望能惠教，以解愚困。

敬請

教安

讀者洪英麟上

五二、十二、七

英麟先生：

我以爲學識與見識，兩者都是並重的，人生在世，缺一不可。有許多由工科畢業的學生，他們去工廠實習的時候，自然不如一個工人的熟練；但工人只有經驗，而無學識，他們不能傳授給別人，也不能進一步發明研究，所以須靠學識來完成。

反過來說，光有書本上的知識，而無實際工作的經驗，和豐富的見識，也會有閉門造車，出門卽覆的危險，所以我們求學，應兩者並重才好。

此祝

進步

謝冰瑩上

五二、十二、十五

我是一個小說迷

崇敬的謝先生：

您好嗎？在我們讀初二時，有一課「兩塊不平凡的刺繡」，是您所作的，當時我讀了，就對您有深刻的印象，趕忙去買您的大作「女兵自傳」來讀，果然不同凡響，從此我更加仰慕您，崇敬您。

我是一位小說迷，今年十五歲半，讀初三，叫邱欣欣。老實說，我的功課不大好，我偏愛作文，祇是我的程度太低，所作的文章總是不太理想，這是我最感遺憾的地方。

我的功課要算理化最糟，初二時還算可以，升到初三愈來愈糟，這並不是我沒唸，我曾花了整天整夜去唸它；可是考出來仍不理想，這是什麼道理呢？是不是我沒有理化頭腦？最後

祝您

健康快樂

學生邱欣欣上

五三、十二、二十

欣欣同學：

你寄到臺中復興電臺的信，謝謝他們轉到了師大；可是師大每天有幾千人的信，要分送，需經過好幾天才能轉到我手裏，這張明信片沒有遺失，眞是萬幸。

你喜歡看小說，這是使你文章進步的方法，希望你多練習作文，不要着急；只要你不斷地努力下去，總有一天會把文章寫得很好的！

至於理化，你考得不理想，並不是你沒有理化頭腦；而是你在這方面缺少興趣，你要想法培養科學趣味才行，爲了升學，你不能不各科平均發展，每門功課都要至少及格才行。

記得在中學時，我對于理科也毫無興趣；可是爲了考大學，我只好勉强讀下去，不高興也得拼命唸，死記，死背，等到進了大學，選了國文系，就不讀理化了，那時眞不知多麼高興呵！

你一定奇怪，去年的信，我到今天才回，實在因爲欠的信債太多，我要按着秩序慢慢地覆，請你原諒。

卽祝

進步

謝冰瑩上

五四、二、九

柳宗元的文章，有什麼特長？

謝教授：

知道您很忙，客套話我不說了，這裏有一個問題想請教您：

我們在大一國文上，曾讀過柳宗元的「始得西山宴遊記」和「鈷鉧潭記」兩篇，對于他的遊記，我深深地愛好，現在要請問您：

除了遊記而外，柳宗元的文章還有那些特長？有人說；他的寓言寫得很好，您可以介紹幾篇給我讀嗎？

敬祝

健康

學生王英華敬上

五六、五、廿

英華同學：

來信收到，謝謝！

唐宋八大家裏，唐朝的作家，只選上韓愈和柳宗元兩人，可見他們在當時，以及後來在文學史上地位的重要。

柳宗元文章的長處很多，不是短短的幾百字，可以說得完的，現在我且簡單地舉出幾點：

一、思想自由

柳宗元對周秦諸子的學說，深有研究，涉獵的範圍很廣；又喜讀佛經，所以他的思想活潑自由，例如「送薛存義序」，是闡明民權的；「天說」，近於地質學；「斷刑論」、「貞符」，爲破除迷信的文章。

二、長於考證

柳宗元做了許多考證古書眞僞的文章，例如：「辯文子」、「辯列子」、「辯論語」、「辯晏子春秋」之類。

三、遊記如畫

柳宗元被貶到湖南的永州和廣西的柳州，這是兩處山水最清秀幽勝的地方，所以他的遊記寫景如畫，敍事詳盡，描物狀景，無不唯妙唯肖，寫來眞實動人，成爲千古佳作。

此外，他在辭賦方面，也有很高的造詣。

四、寓言深刻

你特別提及柳宗元的寓言，這尤其是他的特長。本來寓言流行於周秦時代；但多半是片言短語，不像柳宗元的富有文學意味。他是漢朝以後寫寓言最成功的作家，最有名的文章如：「捕蛇者說」，「三戒」，「梓人傳」，「種樹郭槖駝傳」，「黔之驢」等，都是很有趣味而寓意深刻的作品。

祝你

近好

謝冰瑩謹覆

五六、六、十

新詩要格律和韻脚嗎？

冰瑩先生雅鑒：

很久沒向您請安了，您好嗎？在先生忙碌的生活中，也許已不易存有晚的影子了。茲再奉上小照一張，與前次在金門時曾奉之照片比較一下，或可有助於對晚過去的記憶。

晚係五月底奉命由金門調訓砲兵學校，爲期四月又半，今已快兩月了。所謂「無事不登三寶殿」，我不該多打擾您；但現在問題來了。在我的生活領域裏，我認爲除了您，沒有人會告訴我一個究竟，於是只好冒昧向您請教：

一、所謂「新詩」，到底是有格律、韻脚好呢？還是採取絕對自然的音樂性呢？

二、散文和新詩，如果說得明顯而具體一點的話，應該怎樣分別呢？

以上兩個不得答案的問題，深盼您能利用空暇的時間賜告，倘近期無暇，待他日示知亦可。

最後，晚還有一件不情之請，始終感覺難於啓齒，如果您不見怪的話，盼望能有先生一幀玉照。

明天的課，我們是「空中射擊觀測」，馬上還要準備去飛機場的事務，不多贅述了。敬請

敎安

晚李萱塘立正

五六、五、廿五

萱塘先生：

來信及相片收到，謝謝！

新詩到今天，可說自由到了極點，每一個詩人，都有他獨創的形式和內容，他們早已不講究格律和韻脚了。有些詩像散文，有些現代詩，我們看不懂，不知道寫些什麼。若是照我的愚見看來，新詩應該講求格律和自然的韻脚的，這裏特別提出「自然」兩字，並非過去「一東」、「二冬」、「三江」、「四支」等死韻，而是指讀音相似的活韻；特別是一些所謂朗誦詩，我以爲應該押自然的音韻才能琅琅上口，鏗鏘有聲。

你所提出的第二個問題：詩與散文的區別，在本刊已經解答過不止一次了，恕不重複。

最後，我萬分抱歉，因爲很久不照相了，不能奉贈，敬請原諒！

即祝

努力

謝冰瑩上

五六、六、十

三個有關電影脚本的問題

謝老師：

我眞是高興極了！在去年十一月二十晚上，買到了老師的大作「我怎樣寫作」，拜讀之後，使我對小說寫作方法，有了進一步的認識，因爲我想當作家，所以老師這本書成了我的法寶，現有三個問題請教，希賜予解答：

一、在阿里山風雲中的 L.S.C.S. 縮寫的英文字母是什麼意思？

二、在鏡頭的推動有推、拉、搖，請問攝起來，畫面成什麼現象？

三、目前有無分鏡頭電影脚本的書呢？我曾到書店去找，遍尋不着；如果有，希望老師介紹書名。

蔡禎雄上

五四、二、五

禎雄先生：

萬分抱歉，因爲你的信封遺失，無法直接覆你，只好在這裏答覆：

一、L.S. 是遠景 Long Shot 的簡寫；C.S. 是近景 Close Shot 的簡寫。

二、所謂推，是把攝影機向前推動，所以拍攝出來的人像或景物就大；反之，把攝影機向後拉，人像或景物便變小了；至於搖是電影正式開拍時的動作。

三、在目前，書店沒有分鏡頭的劇本出售，白克先生最近出版了一本「電影導演論」，你可以買來看看，包你會得到很大益處。

謝冰瑩謹覆

五四、二、十五

一個小讀者的問題

謝教授鈞鑒：

我很冒昧地給您寫信，我不知道怎麼樣稱呼您才適當？

我天性愛靜，常常寫些文章去投稿，這是我的興趣；但是幾乎沒有一篇使我滿意的，因爲每次開始寫文章時，都是一時的靈感而已，所以有時作文簿上老師的評語老是主題不明白，文意欠清楚。

我是一個很笨的人，有時候雖然明白自己的「傑作」，是屬於編輯先生們非常討厭的一類；可是仍鼓起勇氣，扔進郵筒，結果如石沉大海。

在前幾個星期，有一天，我看到國語日報每隔週發行的「書和人」上，有一篇您的大作，「平凡的半生」。我仔細地讀了三、四遍，覺得您那種好學不倦的精神，眞使人敬佩。

我很喜歡看書，上自文藝創作小說，下至兒童看的故事書，我一概都看；但很奇怪，作文時，好的語句却用不進去，也許是看得太多的關係。所以今天我想請問您，能不能介紹幾本對我們小學生的作文有益的書籍？最後希望您能常常來信指教我。

敬請

敎安

小學生郭秀明敬上

五五、十一、二

秀明同學：

看了你的信我很高興，不但字寫得好，詞句也很流暢，這與你多看書有關。你說每次投稿如石沉大海，千萬不要灰心！有人投過百次以上，不見發表，他仍然再接再厲，最後，他畢竟成功了！

你說看了很多書，作文時，好的句子用不上，這就證明你讀書是囫圇吞棗，沒有消化，所以不能吸收人家的營養，這裏，我告訴你一個秘訣：讀書時，要集中思想，做筆記，不要只看故事，要研究書中的主題、故事、人物分析、結構、技巧，寫作背景等等；特別好的句子，可以抄下來多看幾遍；同時多練習寫作，不必急求發表，等到寫多了，你自然就會寫得好。

至於對于作文有益的書，我想只要是好書，都對作文有幫助，國語日報所出版的那些指導寫作的書，我希望你買來仔細閱讀，其他的書目，恕不另開了。匆覆，即祝

努力！

謝冰瑩上

五五、十二、十

怎樣培養堅強的意志？

冰瑩先生：

我是一個中學生，近年來在老師和同學的介紹之下，我拜讀過您的許多著作，使我在精神方面有所寄託；在智識方面，得到不少的益處。現在我鼓起勇氣，想請教您三個問題，諒您不會厭棄吧？

一、怎樣才能在閱讀的時候，使精神集中，進入專心的境地？

二、怎樣培養自己堅强的意志，不致消沉；使它充分地發揮出來，而且長久的保持着。

三、怎樣貫徹自己的志願？

敬請

教安

您的讀者蔡宗眞敬上

五四、九、十四

宗眞同學：

你的三個問題，都是很實際的，有時候，我們手裏拿著報紙，看了很久，一句也沒有映進眼裏，爲什麼？只因沒有專心的緣故。

一、在閱讀的時候，使自己精神集中的唯一方法，是首先把腦子裏的雜念滌除乾淨。你要把書看做你的好朋友，看書，等于你在和朋友談話；可是你談的是無聲的語言。當你看到書中主角高興的時候，你也高興；悲哀的時候，你也傷心；甚至爲他流淚。這時候，你一定很專心，全副精神都集中在書上；假如你打開一本書，看了幾行就不想再看下去；或者看了很久，還不知道作者寫的什麼？那只有兩個原因：一個是你腦子裏在想別的東西；另一個是作品寫得或譯得太壞，無法使你看下去，如係後者，不能怪你，你儘可換一本好書來看；若是前者，你要先澄清你的腦筋。

每個人和朋友談話的時候，一定要注意傾聽，以便回答對方的問題，知道對方談話的內容，看書也是一樣。心不二用，看書，你就不能想第二件事，記住這句話，你就自然地會專心一致，精神集中了。

二、一個人的意志堅强與否，要看他有沒有勇氣和環境奮鬪。有些人，生來意志很强，不管受過多少打擊，他也能再接再厲，跌倒了爬起來，決不消極，更不向環境低頭；也有些人生來意志薄弱，受到一點小小的挫折，就灰心喪志，頹廢悲觀。想要培養堅强的意志，有許多方法：例如和樂觀、達觀、熱情、勇敢的人做朋友；多讀名人傳記；多讀像「約翰・克利斯托夫」一類的世界名著；多和大自然接觸，多讀聖賢書；多看古今中外革命志士的傳記……我相信你的意志就會受到感染，無形中會堅強起來；至于怎樣保持長久，那就要看各人的修養功夫了。有人看來好像很堅强，臨到遭遇什麽不幸時，他馬上垂頭喪氣，沒有勇氣面對現實了。要培養這種不屈不撓的精神，一定要多讀書，像文天祥、史可法、岳飛、林覺民、孫總理他們的傳記，應該多讀、多研究。

三、自己的志願既經決定，就不應該中途改變！首先要認清楚：立志乃是人生一件最大的事情，等于汽車、輪船、飛機的方向盤。你先要決定向東或向西的方向，才能轉動你的方向盤，達到你要去的目的地。青年人有時站在十字街口徘徊，他不知道要往那條路走才好。這時就需要有人來指引他，做他的嚮導；可是有些人先立定了志向學理科，後來覺得功課太難了，又改習文科；讀了一半，又覺得文科也不容易學，於是改學做生意；像這種人是沒有什麽前途的。一個人的志願最可貴的是貫徹始終，不可龍頭蛇尾，見異思遷。怎樣才能貫徹？你只要把第二個答案多看兩遍，就會知道關鍵在于意志能否堅定這一點上面。

祝你

堅强

謝冰瑩上

五四、九、廿二

「仁者不憂」是何意思？

謝教授：

在慈航雜誌裏面，讀過您所答覆讀者的問題，使我佩服萬分；現在我也有兩個問題，要請教先生，希望您能抽出一點寶貴的時間，替我解答。

一、市面上的一般文藝小說，它的內容大部份是幻想出來的，還是事實寫照呢？幻想的小說與寫實的小說，有沒有差別呢？

二、「仁者不憂」是何意思？請舉例作具體的說明。

敬請

敎安

讀者盧亨洛謹上

五四、九、廿

亨洛同學：

一、所有的小說，多半是憑作者的想像寫成的（不是幻想），只有歷史小說例外；不過，有些小說是寫實的，例如社會小說、革命小說等，用許多事實做小說的題材，也有百分之五十以上，是眞實故事，其餘憑想像來完成；還有根本沒有其人，沒有其事，完全由想像寫成的。這兩種小說，要看作者的技巧如何？作者的技巧好，寫出來的故事，雖然是假的，也會使讀者看了信以爲眞；反之，是眞的也會懷疑是假的。所以你的問題，我只能這樣答覆：寫實小說有好的，也有壞的；完全虛構的小說有好的，也有壞的。

二、「仁者不憂」是由「仁者無敵」演繹而來的。因爲一個有愛心的人，他是最受歡迎的，誰也不會去傷害他，侵略他。他是「先天下之憂而憂，後天下之樂而樂」的；「仁者不憂」的所謂「憂」，是指狹義的對於自身的問題有所憂慮，等于現在一般人所憂慮的富貴問題。「仁者不憂、智者不惑、勇者不懼」，這是儒家學說根據許多事實而得的結論，也是孔孟一貫的精神。舉例來說，我們的總理孫中山先生，他是仁者，他主張博愛，提倡世界大同，從來沒有憂過自己，更不怕有人會傷害他，反對他，他要以仁愛來摧毀腐敗的滿淸，消滅殘忍無人道的專制政治。

我這樣解釋，自然太簡單；但你不久就會讀四書了，那時國文老師，會詳細地爲你講解的，在此我不嚕嗦了。

祝你

進步

謝冰瑩上

五四、九、廿三

學問與金錢那一樣重要？

冰瑩先生：

我是菲律賓普賢中學的一個學生，也是「慈航」的忠誠讀者，對於先生每期在「慈航」上爲讀者們熱心地解答難題，指示迷津，感到無限欽佩。現在我也有幾個問題，想請先生賜予解答，使我這愚蠢的學生，得到正確的指示。

一、學問與金錢究竟那一樣較爲重要？

二、輕知識而重道德，請問對否？

三、讀書是否以得分爲第一目的？

以上三個問題，請先生詳加解釋，謝謝！

專此敬頌

敎祺

讀者曾文思上

五四、三、一

文思同學：

你的三個問題把我難住了，眞不好回答。

一、學問與金錢，究竟那一樣重要呢？記得在馬來亞的金馬崙高原，學生週報社的文藝研習會，曾擧行過一次很熱鬧的辯論會，最後結論是「學問重要」那一組得勝了！我想：你們貴校也不妨擧行一次辯論會，一定很有趣的，我的答覆，也是學問重於金錢。

二、應該知識與道德並重。現代的社會是混亂的，眞理不明，是非不分，眞令人痛心！有些人只顧提倡科學而忽視道德，忽視倫常，這是不對的；有些人輕視知識，只注重道德，也是錯誤的；但是假如這裏有兩個人要競選總統；甲是學問好而道德差的，乙的學問雖差，道德却好，請問你要投那一個的票呢？

三、讀書是爲了立身處世，貢獻給社會人羣爲目的，而不做分數的奴隸。記得我在讀大學時，常常爲自己的成績差，編了兩句歌，唱道：「平生無大志，只求六十分。」後來許多同學都跟着唱，有趣極了！（也曾挨過老師的罵，說我太不用功了。）如果你對於所有課文都不了解，而每次考試僥倖得一百分，請問：這分數有什麼意義呢？但是，現在不論中外，考學校都十分注重分數，那麼我那「只求六十分」的歌，你絕對不能再唱了！

祝你

成績優良

謝冰瑩謹覆

五四、三、八

二、關於寫作

有關寫作的兩個問題

謝教授：

我很羨慕作家，因爲作家是崇高偉大的，現在我要向你請教兩個問題，希望您爲我答覆：

一、如何使文章描寫得生動有力？

二、如何培養智慧，才能寫出有關政治經濟的文章？順附小照一張，請查收，同時希望你的玉照。

青年朋友林清涼敬上

五二、二、二

清涼先生：

一、要使文章描寫得生動活潑而有力，第一步工作，是多讀這一類的文學作品；第二是充實你的生活內容。寫文章最要緊的是自然，不要矯揉造作；更不要去模仿別人。拼命在修辭上做堆砌功夫，是費力不討好的，主要的是你要有眞實的感情，充實的內容，正確的思想。你有堅强的意志和百折不回的精神，寫起文章來時，自然就有力量了。

二、寫有關政治經濟一類的文章，恕我毫無經驗，眞不知要怎樣回答你；不過，我可以說出三點簡單的意思：第一、你首先要問自己對於政治經濟有沒有興趣？第二、如果有，先多看這一方面的著作；第三、做實地觀察，搜集資料，然後再做進一步的研究。

恕我冒昧地說一句，我是不贊成青年朋友研究政治經濟的，除非你對它特別有興趣而又考入了這一系，那又當別論了。

所有文人的智慧，係深埋在地下的金鑛，越挖掘，越能發現豐富的資源；腦子愈用愈聰明，只要你肯不斷地思索，就會天天有進步的。

最後謝謝你的玉照；我的以後照了再奉贈。

祝你

進步

謝冰瑩謹覆

五二、五、三

第一人稱和第三人稱

冰瑩先生：阿兵哥們是久仰的了！

現在儆人有三個問題，敬祈世界畫刊社轉請您惠賜公開答覆爲感！

一、怎樣叫第一人稱？第二人稱？第三人稱？

二、請介紹一本值得讀的散文和詩集，因爲我們太忙了！

三、前方精神食糧缺乏，請問先生能否登高一呼，發動一次文藝勞軍運動？

敬請

撰安

馬祖戰士高得標上

五二、三、三

得標先生：

一、第一人稱，是指作品中的主角用「我」的身份來寫他自己的故事，所有小說，從開始到結尾，都是以「我」爲主體，用「我」的口氣敍述的，叫做第一人稱。第二人稱，多半用於書信體裁，文中的你，便是第二人稱，在這裡順便提到一個「妳」字，這不知是誰發明的，現在很通行；其實「你」是無須註明性別的，正如「我」不須說明性別一樣。作者如果是男性，我們不能寫成「俄」字；同樣，是女性，也不能寫成一個「娥」字是不是？

第三人稱，是作者用「他」或「她」的身份寫小說；有時寫故事和童話，那麼小狗小貓也可以用「牠」來描寫。

用第一人稱寫的小說，在讀者看來比較親切，容易受感動；但往往有一個錯誤的觀念，以爲這個「我」就是作者本身，這是大錯而特錯的；用第三人稱的手法寫小說，比較範圍廣，作者能知過去未來，一切人物的身世、個性、思想等等，如果是初學寫小說的人，從第一人稱開始學習寫比較容易。

二、值得讀的散文和詩集太多了！你要我每種只介紹一本，實在有點爲難！因爲散文的範圍很廣，有論文集，有遊記，有抒情小品，有讀書札記之類，究竟你要看那一種呢？

還有，詩集是指舊詩還是新詩呢？是創作還是翻譯呢？你喜歡讀什麼人的詩？是五四時代的詩，還是現代作家的詩呢？請告訴我。

三、這裡的文藝界，就要來到馬祖訪問了，那時我相信一定有一大批書籍、雜誌帶來奉贈給諸位將士們的。

謹祝

新春如意

謝冰瑩謹覆

五二、三、十

要怎樣才能成名？

冰瑩先生：

在您百忙中打擾，實感抱歉。我很早就有在文學上努力的想法，自從拜讀您的大作之後，更加深我致力於文學的決心。

去年您出版「我怎樣寫作」，我毫不猶疑地買來閱讀，現有幾個問題想請教您，望您爲我答覆。

一、我的功課太緊，如何致力於文學？

二、在一六六頁裏十八問題，文學家是先苦後樂或終身皆苦？

三、在一六八頁裏，您說在某人未成名時，稿子常遭打回票，您能告訴我什麼時候才算成名？要成名應該怎麼辦？

四、寫小說，是否感覺自己文章已够水準才寫，或是隨時都可以練習寫呢？

敬祝

健康

忠實讀者曾以昌上

五二、二、十

以昌同學：

一、功課太緊，自然不能爲了看小說而犧牲正課；但你可以盡量利用等車，或者休息的時間看書，那怕一天看幾頁也是好的。只要你下定決心致力於文學，有恒地閱讀名著和練習寫作，我斷定你會成功的。

二、十八問題是關於投稿和退稿的，所有從事寫作的人，都是先苦後甜的，你問作家是否終身皆苦，這個問題，要分兩方面解答：在物質方面，作家都是苦的，甚至有苦到不能生活；病了沒有醫藥費，死了不能火葬的，像在臺灣去世的詩人楊喚，和葛賢寧先生兩人，就是一個例子；但儘管如此，他們的作品，將永遠留在人間，他們的精神不死，永遠活在人們的心裡，所以他們的結果，還是快樂的。

三、所謂成名，是指某人的作品被公認寫得好，不須要他投稿，自然有人去向他索文章，請他擔任特約撰述，編輯委員……許多寫文章的人，都是爲了自己喜歡寫而寫，目的並非爲了想成名；如果爲了想要成名，才研究文學，那麼他是有虛榮心的。只要你的文章寫得好，出版的作品，一部比一部精彩，你自然就成名了。有一分耕耘，便有一分收穫，也就是胡適之先生說的「要怎麼收穫先怎麼栽」。

四、隨時隨地都可以練習寫小說；最好先把散文寫通。祝你

快樂

謝冰瑩謹覆

五二、三、七

怎樣寫閱讀小說筆記？

冰瑩先生：

請您原諒我給您添麻煩，我是個小學畢業的工人，在讀到貴刊第五十九期綠窗信箱，您給文瑞兄回答中有一段：「閱讀時，千萬不要忘記了做筆記，否則看後就忘了，仍然等於沒有看。」我想很對，以後看書要做筆記；可是我很笨，不知要怎麼做法，請您告訴我，不勝感激。

祝您

康健

忠實讀者黃鵬舉上

五二、四、二

鵬舉先生：

寫筆記的方法，如果詳細說來，五千字也寫不完，現在只能簡單地說一下：

首先你看一本小說，就要注意它的故事、人物、主題、技巧、時代背景、社會背景；最好每次看書的時候，都準備好筆記本和筆在旁邊，隨時寫下來，就不會忘記。

一個人如果不懂得欣賞別人的作品，自己決不會寫出好作品，只有多吸收別人的精華，才能充實自己的智囊。我們要多多學習，一方面，學習前輩們優美的技巧；另一方面，從實際生活中去發掘寫作的題材。寫筆記，可以說是練習寫作的第一步工夫，最簡單的方法，是把你讀完這本書的印象和感想寫出來，書中的情節，那些地方感動你？那些地方寫得很好或者不好？你有系統地寫出來，便是一篇文章。（請參閱拙著「我怎樣寫作」廿三頁「怎樣欣賞」？）

很對不起，昨晚我才從南部回來，疲勞不堪，另有黃君偉先生的問題，只好留待下次再覆。

謝冰瑩謹覆

五二、五、九

怎樣才能把文章寫好？

冰瑩教授：

我是您中外千萬忠實的讀者之一，近年來已看過您許多的著作，對於您的每一篇傑作，都引起我莫大的羡慕和敬仰！我常常幻想，希望將來有一天也能成爲像您這樣有名的作家：爲祖國民族留下光輝的一頁，替偉大佛教寫下不朽的詩篇。因此，現在我雖然仍在讀中學；可是對於文藝這方面，已發生了極大的興趣，有時間自己也常常練習寫作；但是寫來寫去，總不能寫出一篇理想的文章。現在我提出兩個問題來請您指教：

一、怎樣才能把一篇文章作好？

二、寫文章是否一定要一直從頭寫到完才停止？還是可以先寫一部份，等到靈感來時再繼續寫下去？

希望你能儘先給我答覆。謝謝您！

馬尼拉讀者陳榮銓拜上

五二、十二、一

榮銓先生：

來信太過獎了，讀後感到非常慚愧。

一、你的兩個問題，不是短短的幾句話所能解答的。要使文章寫得好，首先要多讀別人的好作品，以便觀摩；然後自己下決心多寫，天天記日記，把老師改過的文章多讀幾遍；寫了文章之後，自己先經過朗誦，把不順口的句子改爲順口。這樣謹愼地、有恒地、虛心地學習下去，你的文章自然會寫好的。

二、文章要看長短；假如是課堂上的作文，當然要一次寫完好繳卷；倘若是一篇比較長的論文或者小說，不能一次寫完，要分做許多次；但你一定要限定幾天完成，不能等待靈感；萬一靈感老是不來，難道你的文章就永遠不能完成嗎？匆匆簡覆，請原諒！

祝你

努力

謝冰瑩上

五二、十二、二十

短篇、中篇和長篇小說，有何區別？

冰瑩教授：

我是菲律賓的華僑學生，喜愛一般文藝小說，自己也喜歡練習寫作。從每期的慈航季刊上，看到您爲一般青年朋友解答文學及寫作上的各種問題，引起我極大的興趣，所以現在我也提出兩個問題來請您指教。

一、長篇小說、中篇小說和短篇小說究竟有何區別？請您用簡單的文字，給我一個明確的概念。

二、當我寫文章的時候，有時一張接着一張，寫個不停；但有時連一個字也寫不出，這是什麼原因呢？

以上的問題，請您撥出一點寶貴的時間爲我解答。

此請

文安

讀者王輝雄上

五二、十一、三

輝雄先生：

一、甲、短篇小說：

是一種短小精悍，用最經濟的手法，描寫故事中最精彩的一段，而能使人感到滿意的文章。故事簡單，人物很少，主角最好是一個或者兩個，文字要簡潔精練；對話要簡短有力。一篇完美的短篇小說，它須具有下列幾個條件：

㈠一個優美而動人的故事。

㈡正確的主題。

㈢緊湊嚴密的結構。

㈣簡短流利而有力的對話。

㈤性格突出的典型人物。

㈥時間、背景要寫得簡單、明瞭，使人如身臨其境。

㈦字數由兩千字至萬餘字不等。

乙、中篇小說：

是介於短篇與長篇之間，故事的發生，經過，至結束時間，可由數月至數年；主要人物，可有兩個以上，其他人物，有多至數十人者；題材的範圍比較廣泛，能夠充分地描寫主角的個性及故事的發展。字數普通在一萬字以上，十萬字以下。

丙、長篇小說：是小說裡面比較雄厚的作品，等於由若干短篇小說集合而成，描寫多樣而複雜的社會現象。人物衆多，由數十至數百不等，故事經過的時間很長，可由數年寫至數十年，字數由十萬到百萬以上。初學寫小說的人，最好先從短篇入手。中篇、長篇，都要預先寫好小說大綱，才能很順利地寫下去；至於怎樣寫小說大綱，請參看拙作「我怎樣寫作」第十五頁。

二、你寫文章的時候，能够下筆如流，一張接着一張地寫下去，那是因爲你的材料豐富，有話可寫；同時，一定這個題材是你所熟悉的，而又喜歡它，所以寫起來一點不感覺困難；反之，腦子裡空空洞洞，硬要逼出一篇文章來，自然感覺困難了。胡適先生曾經在「八不主義」裡，說到文章要「言之有物」，不要「無病呻吟」，也就是說明文章一定要有眞實的材料，眞實的感情，才能寫得好。

祝你

進步

謝冰瑩上

五二、十一、三十

我為什麼不會寫小說？

謝教授：

我是您的忠實讀者，您每次在「慈航」上發表的大作，我都拜讀了；我尤其喜歡看您替青年們解答的各種問題。現在我也有兩個問題請您解答，以開我的茅塞。

一、爲什麼有的人他們在很短的時間內，就能寫出一篇小說來，而我爲什麼想來想去總寫不出來呢？是不是我的頭腦太笨？

二、我在做完功課時，也曾拿起小說來欣賞；可是每次還沒有看到一點鐘，我的頭腦就痛起來了，所以常常一本小說，斷斷續續地要十多天才能看完，這是什麼原因呢？

以上兩個問題請您替我解答，感激不盡！

敬祝

健康

讀者施秀枝謹上

五二、十二、三

秀枝小姐：

一、別人能在很短的時間寫成一篇小說；而你不能，這並不是你的頭腦特別笨，而是你沒有材料；或者是有了材料，又不懂得如何處理。我以爲你最好先學寫散文，等到文字寫得很通順了，再學習寫小說；不必着急，只要你對小說有興趣，肯學習，將來一定會寫得很好的。

二、做完功課再看小說，你已經很累了，頭痛是免不了的現象；但如果每次如此，你應該找醫生看看是否貧血？照理像你這麼年輕，是不應該常常頭痛的，爲了愛惜你的腦子，我建議你多看短篇小說。

祝你

健康

謝冰瑩上

五二、十二、廿八

武俠小說對寫作有益嗎？

謝老師：

學生有三個問題向您請敎，請在不妨礙您的工作之下賜答：

一、報紙上那些文章，對新文藝習作有幫助嗎？最好的文章刊在那裏？

二、看報紙副刊的武俠小說，是否對文藝習作有益？

三、我們看長篇小說好，或是看短篇小說好呢？

學生王美玉上

五三、三、五

美玉學棣：

一、報紙上好的小說、散文、詩歌，對於文藝寫作都有幫助，多半刊在副刊版位。

二、老實說，武俠小說，除了主題，內容我不贊成外，有些在描寫上的確是很好的，我們可以看一看，以資參考；但千萬不可入迷，不知不覺地被作者引進了魔道，那就非但得不到好處，反而大受其害了！

三、你如果想寫短篇小說，當然先多看短篇小說的好；若有充分的時間，多看數十部世界有名的長篇小說，對於你的寫作大有幫助。

謝冰瑩上

五三、四、十五

小說中的人名問題

問：

一、假如我們要把一個眞實的故事寫出來，是否要把眞姓名也提出來呢？

二、有什麼方法可以增進我們的詞彙？是不是只有多讀多看書？

黎蘭施

（冰瑩註：民國五十五年六月十五日上午，我在中正中學小學敎師研習會，講演「兒童文學的創作方法」時，好幾位先生提出問題，因爲時間的關係，我不能詳細解答，特在此補答。除了黎先生外，都沒有署名，所以我自己的也省略了。）

答：

一、文藝寫作的形式有很多種，有小說、故事、特寫、報告文學、傳記文學、……如果你把一個眞實的故事寫在小說裡面，可以用與眞名諧音的假名；若是特寫、報告文學、傳記文學，那麼，你非用眞實姓名不可。小說裡面的故事，一般人以爲都是假的，其實，除傳奇小說，武俠小說是虛構的而外，所有小說，都或多或少地有眞實故事在裡面的。

二、在我們的作品裡面，需要新鮮的優美的詞彙，使讀者看了感到舒服、高興。你說得不錯，多讀多看，是充實詞彙的方法之一；但你還忘記了多想，多充實自己的生活，多創造新鮮的詞彙。

不過，談到創造，我忽然記起一個眞實的故事來，有位筆名叫愛德樂佛的人，他在「世界永久沒有戰爭」裡面，曾經自己創造新的詞彙來形容一位美女，他寫道：「她有一付不大太濶，也不太大的忠義紅袖香吻。」這裡，我不加以說明，你當然馬上可以看出來，這句形容女人嘴唇的文章，非但不美，簡直是不通！所以，假如我們不能創造優美的詞彙出來，那麼，還是借用現成的好。

冰瑩

為什麼一般作家都喜歡寫悲劇小說？

一、不喜歡看翻譯小說的原因，可能是因爲譯者的文學修養不够，根基太差，他的譯筆詞不達意，不够流利；也有的不了解中、外文法不同，把外文的倒裝句子，生吞活剝地直譯下來，我們看起來就不順眼了；有的譯文三四十個字一句常有的事，我看莫泊桑「人心」的譯文時，有一句長至六十四字，你想如何讀下去呢？何況有些譯筆根本不通，許多地方都譯錯了；因此，從事翻譯工作的人，光只懂外文是不够的，最重要的他要有很好的中文基礎；假使連一封普通信都寫不通的人，他怎能翻譯世界名著呢？

二、文學裡面的要素，儘管有那麼多；但最能吸引人、感動人的是感情。悲劇性的小說，最能賺取讀者的眼淚，引起讀者的共鳴；同時，作者都是富於感情的，他們很容易同情那些不幸的人，他要把那些不幸的人所遭遇的不幸故事，描寫出來，使大家注意，想辦法改造這個社會，使悲劇減少，這是他們的主題，也是他們的責任所在。

喜劇是能博得大家的歡笑與喝采的；但給與觀衆或讀者的印象並不深刻，發生的效果也並不很大；因此很多作家都喜歡用悲劇爲題材。

三個問題

冰瑩先生文几：

我之所以用稿紙寫這封信，基於兩個原因：一是爲了便於看；一是爲了便於寫。也許你認爲我荒誕不經，無禮透頂，那麼我謹致最大的歉意。

我是一個正在就讀高中的學生，由於自身對於文學頗有趣味，所以有幾個問題得請敎先生賜答，以釋心中的忐忑不安。

在這裏，我所要請敎先生的，大約可分爲三大項：一、當前臺灣文藝界面面觀；二、翻譯的修養；三、投稿的態度和方法。首先，先讓我就第一道問題說幾句話。

目下臺灣文藝界盛行着一種趨勢，卽是寫色情小說的人居大多數，大有不寫此類小說會餓肚皮之勢。的確，這行人在文藝界來說，要算是最吃香的了，這本不打緊，可怕的是，當此反攻復國前夕，彼等作品的骨子裏，竟連一點振奮人心，爲國犧牲的意味都沒有，這怎麼不令人搖頭興嘆呢？我們只要放眼一瞧，可知臺灣的雜誌充滿市場，簡直叫人不知讀那本雜誌，方才有益品學道德與知識。雜誌多，並不是壞現象，只是好作品，眞正有振奮人心作用的作品，寥寥無幾罷了，難道說寫這類文章（小說）是眞正戞戞乎其難哉麼？不！一定不會比寫色情小說來得困難的，只是作者是否肯用心寫而已。我認爲寫這類文章（小說）出路不會太惡的，你說是嗎？

每當夜闌人靜的時候，我總愛自個兒坐在窗前思想：「我要用這支笨拙的筆，寫出足以振奮人心的作品」；然而，每當我提筆要寫作的時候，老是很久擠不出一個字來，雖然滿腦子有許多話要說。我是立志要當文學家的，明知還有一段遙遠的路程；但是這個志願是永不改變的，也許一年後，我們就有幸在師大見面哩！

其次，我們談到翻譯的修養。

誰都知道，翻譯是一件吃力的工作，不但文辭需要經過千錘百鍊，而且譯者的意思也不可忽略，再三修改，然後才敢出來亮相。我相信，目前英文是最熱門的語文，「要想賺美鈔，就得學英文。」這乃是一般人的看法。老實說，我個人對英文是頗有興趣的，也許您會懷疑我是爲了賺美鈔，那就錯了。簡言之，我只是爲了翻譯英文作品而學英文。在這裏，我可以舉一個我個人的事實作例子。「從今年七月五日到此刻爲止，我把全部的時間花費在翻譯 Ellery Queen's Mastery Magazine 上的一篇名字叫做賭的文章（小說），至今底稿已經足足修改了十多遍（一點不假），目前仍在不斷地修改中。我爲什麼願意把那麼多寶貴的時間花費在一篇小說上呢？只因興趣所致。我始終不敢交出去又是什麼原因呢？只怕笑破了別人的肚皮，賠不起命。

在往日，我是一個十足的投稿迷，現在也是一樣。我想您是當今自由中國的文壇上最成名的作家之一，當然對於投稿的態度和方法，具有一番不同於常人的見解。我甚盼您能指示我一點門津，好讓我這拙於寫作的人，不至處處遭受碰壁的噩運。

除了那些專寫色情的小說的作家之外，作家的生活是清苦的，我知道；可是誰曾想到眞正的作家他（她）們所負的時代使命，往往比一般人更加艱鉅神聖呢？文化的傳遞少不了他（她）們，人類文化的進步寄託在他（她）們的身上，「身爲作家是光榮的，」我想。

已經寫得不少了，也就擱了您不少的時間，殊爲抱歉。最後我深望您能給我一個簡易的答覆，也算是了却我心中的三個難題。

敬頌

撰祺

後學洪仲和敬上

五五、八、五

仲和同學：

讀了你的來信，知道你是個很痛快的人，有什麼，說什麼，你痛恨那些寫色情小說的人，你說他們「居大多數」，我不同意這種說法，我覺得只有缺德的人，在製造罪惡；大多數的作家，是有良心的，他們在嚴肅地工作，寫那些富有人情味，能夠振奮人心的作品，當然，這些作品的出路很多；而且經得起時間的考驗，不像那些色情文字。（這裏我只用「文字」不用「文學」，因爲色情不能包括在文學之內；要不然，它就汚辱了文學。）只迎合一些低級趣味的人，看過就忘了。

你有志於文學，我相信一定會成功的，可能你已經考取了師大，讓我們來共同研究吧。

談到翻譯，我是個外行，因爲自己的英文不高明，只能翻譯些淺近的兒童故事。你的態度那麼愼重，令人敬佩。誰都知道，翻譯得好，必須合乎信、達、雅三個條件，多修改幾次是對的，你說不敢寄出去，未免太自謙了，從你的來信中，可以看出你對文字的修養。不要害怕，要有勇於投稿的精神，才能把文章寫好。

你問我投稿的方法和態度，老實說：我只有一個方法，那就是寫好了文章寄出去，能不能發表，我根本不去計較；假若稿子被退回來了，我毫不在乎，拆開來重讀一遍，再修改幾個字，改投另一家。我曾經遭受過退稿；但一篇稿，從沒有退過兩次的，那就是說甲不用，乙一定發表。我沒有秘訣，只有勇氣！不怕退稿，不怕失敗的勇氣，使我維持寫作的興趣四十多年，不能不說是有幾分傻勁了。

爲了要趕着發稿，我就這麼簡單地回答，你該不怪我吧？

祝你

成功！

謝冰瑩上

五五、九、二

新詩有沒有存在的價值？

冰瑩先生：

您好嗎？

我是一位口拙筆拙的人，既不懂講客氣話，也寫不出客氣話來，就讓我開門見山地請教吧！

一、散文與新詩有甚麼分別？怎樣才能把這兩樣寫好？

二、新詩有沒有存在的價值？

三、寫作需要靈感嗎？假如靈感不來，應該怎麼辦呢？

在此，我先向您說聲「謝謝」吧。

敬請

敎安

讀者蔡仁耐敬上

五五、十二、一

仁耐先生：

十二月一日來信拜收，謝謝。

一、散文與新詩，記得我曾在本刊解答過，但記不得是那一期了，現在再簡單地說一說：

散文，在過去是對駢體而言，只是不講對仗，不押韻，所有雜感、隨筆、記敘、說明之類的文字，都叫做散文；在新文學上，凡是無韻的作品，都叫做散文，例如報告文學，抒情小說之類。

新詩，也就是五四時代，胡適之先生他們所提倡的白話詩，當時胡適和劉半農給新詩所下的定義是：

「自由成章，而沒有一定的格律；切自然的音節，而不必拘音韻；貴樸質而不講雕琢；以白話入行而不尙典雅；破除一切桎梏人性的陳套，只求其無悖詩的精神。……」

還有鄭振鐸也說：

「詩歌是最美的抒情文學的一種，以暗示的文句，表白人類的情感，使讀者能立卽引起共鳴，它的形式也許是散文的，也許是韻文的。」

老實說，現在有些新詩，也眞像散文的分行寫；不過好的新詩很多，有深刻的含意，眞摯的情感，優美的辭藻，主題正確，有些還押自然的音韻，更能表現出新詩的美來。

要想把散文和新詩寫好，你就要先多讀這兩方面的書，多練習寫作，只要你肯下苦功夫，不論學甚麼，都會成功的。

二、新詩當然有存在的價値；而且它的出路越來越廣，前途也越來越光明了；可是，有少數人對新詩有一種錯誤的看法，以爲文章難寫，新詩容易作，其實，詩是文學裏面的精華，它最難寫，非有天才和文學造詣較深的人，寫不出好詩；因爲詩的結構、修辭、技巧、內容、形式，……都與散文不同，所以我主張青年朋友，先學會寫散文，再去寫新詩不遲；假如一篇幾百千把字的散文，或者一封信都寫不通的人，也想做詩人，豈不鬧笑話？

三、寫作時有時需要靈感，有時也可以不要。靈感是寫作的一種衝動，也是由經驗得來的，我們隨時可以製造。經常寫文章的人，可以說每時每刻，靈感都在他的身邊「聽用」，所謂招之卽來，揮之卽去是也。朋友，等到你的文章寫多了，也會有這麼一天來到的，那時你才高興呢！

祝你

進步

謝冰瑩謹覆

五五、十二、十

作文打腹稿好嗎？

冰瑩師：

這是我寫給您的一封信，也是我生平對作家寫的首封信。

我喜歡作文，因此把日記本當作文練習簿。我的生活圈很小，因此日記非常單調，如果以甚麼時候外出，又甚麼時候歸來，長此以往的敷衍，這可眞要成了流水賬。還好，我在最近改變作風，思潮一上，在日記本上寫個題目，信手塗來，如行雲流水，而止於所不可不止。

學校的先生說我作文好，而同學往往要追問我讀了甚麼好書。其實，我的文章都用腹稿，有時爲了敷衍形式，不得不來個綱要；若要說我讀的課外書，是少得令人難以相信，迄今算來，未超過十部。不說書看得少，就是一般雜誌或報章，也很少過眼。

每次當我拿到批改過的文章，面對着「錯字太多」、「小心別字」，總感到慚愧無地自容。我知道這是文章最犯忌的事，說不定會成爲致命傷呢！在此請求謝老師賜我幾道藥方，深恩厚德，我這粗心鬼一定永感不忘。

雖然我有着別字的毛病，但對於字句的眞意，却往往打破砂鍋問到底。下面我且擧一個例子：

許葭村作的秋水軒中「與陳竺山」一文中，有「早不如披髮入山」。某老師對我解釋爲：「不比從前散披頭髮而到山中修行」，這解說，因爲不合我私人的意見，於是我就問他：「早不如披髮入山的『披髮』如何解釋？」老師說：「披髮是頭髮弄散。」不以爲然的我又反問：「是不是應解釋爲：『帶髮出家修行』？」老師的回答，仍然令我費解，愈疑問重重。照老師的意思，「披髮」的「披」是以「離散」作解釋；而「早不如披髮入山，得以萬緣都淨也。」這二句書本上的語體，是「倒不如從前出了家，到山裏去修行，可以甚麼事都不管。」至於，在佛教上說來，捨棄俗世而圖出家的人，爲了本身要符合六根清淨，所以須削髮；我以爲這二句連貫上來是說：現在比不上從前離棄家庭世事，到山中修行，雖是個帶髮的出家人，但仍得以身心無罣礙。而老師是說，現在比上從前看穿紅塵俗世，因而不重修飾，蓬着頭到山裏去修行。請問老師，我的解釋是不是能和文意相通？老師却說，文中並未指到寺廟，我的解釋是錯了。我因爲怕老師不高興，也勉强地說：「啊！我明白了。是因爲自己要放下萬緣的牽纏，也就不注重外表；爲了顯示他對別人所注重的，而自己都不重視了，所以才以『披散頭髮』來形容」。（如今，我尙堅持着自己的解釋，也懷疑着老師的見解。）

我不知道這種好問，是否對自己有益？還有，我對一句中的詞，常以同義的兩個，換了又改，改了又換，我不知道這是好習性？抑或壞現象？作文章打腹稿是不是好？

上面是我寫作上的疑難問題，還望謝老師在可能的時間內，撥冗賜以指教。

佇候復音　並請

近安

後學陳麗霞叩上

五六、二、十

麗霞同學：

讀了你的來信，知道你是個勤勉好學的標準學生，你這種好問的精神是對的！學問，學問，一半是學，一半是問，假如光學而不問，許多問題無從解決，許多東西不能學到。我們讀書時，對於每字，每句，如有絲毫不了解的地方，必須發生疑問，就會解決，所以你的第一個問題，好問對於自己是否有益？我的回答是肯定的：當然有益！不過向老師發問，態度要謙虛，語氣溫柔，不可以說：「你的不對，我覺得應該如何如何解釋。」這樣會傷害老師的自尊心；而且也太不禮貌了，應該說：「這是學生的一點不正確的淺薄的見解，請老師多多賜教。」這樣，他一定會好好地答覆你的。

還有，你的第二個問題，作文打腹稿是好的，也是應該的，一篇文章先在腦子裏結構好了，移到紙上來，就很容易了。

這幾天我正忙於看考試卷子，請恕我答得太簡單。

祝你

進步

謝冰瑩上

五六、三、二

寫作三題

冰瑩先生：

來信及大作，都已收到，謝謝！現在我有三個問題，請您有空時來函指教。

一、我在寫作時，常感起頭難，不知如何準備，才不會有這種現象？

二、有了材料時，很不容易分類，不知如何整理？

三、創作小說是不是一定要有事實才能寫？

特此奉懇　此祝

健康

柯文清敬上

五六、三、十

文清先生：

一、我相信每一個人都有這種經驗，寫文章起頭最難，要克服這一關，沒有什麼秘訣，只有多構思，多寫；假如你有了充實的材料，又有寫作的經驗，那麼就不用發愁了。

二、記載材料時，最好是分類寫，例如風景、人物、掌故、新聞、花卉、歷史、地理……各在筆記本上分開來記，那麼你寫起文章來時，就很容易找出來參考了。

三、寫小說固然有眞人實事比較容易寫；但有許多是虛構的，卽使眞有故事，也要憑想像來描寫他們的對話、表情、動作、背景……

本期限於篇幅，不能多寫，請參閱拙作「我怎樣寫作？」

此祝

進步

謝冰瑩上

五六、三、廿五

什麼是散文？

謝教授：

您好！在寫這封信之前，我曾再三地考慮，覺得如此去信是十足的不禮貌；但是我有很多問題要請教授爲我解答，想必您能寬恕我。

我僅是個初中畢業的學生，因環境關係，未能繼續升學，現在只好在一家印刷廠工作。晚上空閒時，常常欣賞教授的大作，記得在初二的時候，對於作文便有濃厚的興趣，此時老師所買的課外讀物，是您的大作，如愛晚亭等。

有一次，我在週記上寫了一篇文章，頗爲導師欣賞，叫我去投稿；但是我當時沒有這種勇氣。如今我又新買了一部名家散文選，對於散文的興趣又湧上心頭。這裏我有幾個問題，請教授爲我解答：

一、散文是什麼？是否包括記敍文、抒情文之類？

二、有無散文作法這類書？

三、如果在欣賞名家大作，遇有疑惑詞句時，要如何才有解決的方法？

四、「辭海」是什麼？

五、請教授介紹幾本您的大作名稱：

我之所以冒昧地寫信請教，完全是看您的大作後，料想教授一定是一位和藹可親的人，而我所以寫到師大，是在初中課本有一課「兩塊不平凡的刺繡」作者簡介中得知的。

最後請教授給予我寶貴的啓示，使知識淺薄的我，走上學習成功之路。

敬祝

幸福

學生施進益謹上

五五、一、十五

進益同學：

眞對不住，收到你的來信好幾個月了，因爲按照來信前後作覆；加之我又特別忙，以致到今天才答覆你的問題，勞你久望，抱歉得很！

你在印刷工廠做事，正好從事讀書寫作，假如你們替別人排印刊物，你不是可以經常看到許多文章嗎？我國的作家沈從文先生，連小學都沒有畢業，純靠自修成爲作家、教授，你只要努力多讀多寫，多體驗生活，觀察生活，虛心學習，一定有很大成就的。

現在我來簡單地回答你的問題：

一、散文的意義很多，各有不同的說法。在古時候，散文是對「駢體文」而言，不講對仗，也不押韻，凡是隨筆、敍述、說明之類的文字，都叫做散文，起源於戰國時代，老、莊、孔、孟，可說是散文的始祖，後來編輯成書的「古文辭類纂」、「古文觀止」等，都是散文。唐宋八大家，是我國歷史上有名的散文作家。

還有一種說法，凡是沒有韻的文章，都叫做散文，例如雜感、報告文學、抒情文、論說文、描寫文之類。

二、很少專論散文一類的書，在拙作「我怎樣寫作」裏面，有一小段論小品文的，你可以參考。

三、最好你直接去信詢問作者本人，至於通信地址，可以由出版該書的地方轉交。

四、「辭海」是一部很完備的辭典，它和「辭源」同一性質，學國文的人，應該人手一部的。

五、拙作有好幾本已經絕版。現在書店能購到的只有「女兵自傳」、「在日本獄中」、「故鄉」、「紅豆」、「碧瑤之戀」、「菲島記遊」、「冰瑩遊記」、「仁慈的鹿王」、「我怎樣寫作」、「空谷幽蘭」等數部。

最後，希望你千萬不要以不能升學而難過，要以有機會早日體驗人生而高興。祝你

進步

謝冰瑩謹覆

五五、四、廿八

初學寫作，應具備什麼條件？

冰瑩先生：

在未請教您問題之前，我應事先向您聲明：對於寫信給一位名作家，我是第一次嘗試，如有冒昧不對的地方，望您能夠原諒我。

我是一位高中生；而且是個窮措大，由於受環境的影響，我的個性便養成了喜愛沉默而多憂慮；又加上身體的孱弱，因此，在初中三上時，我便發現自己的興趣，偏向在文學這方面。受了老師的鼓勵和指導，我決定在文學這方面努力；到了高中，我才開始嘗試投稿，雖然一連好幾次退稿，或杳無消息；但我並不因為退稿的打擊，而感到心灰意冷，失去信心；相反地，我時常自慰道：「不要緊，經一蹶就長一智，再試，再寫，有恒不怕不會成功。」於是我立誓道：「不論遭到如何的艱苦，絕不放棄文學。」目下我正在文壇社努力學習小說，希望將來能夠像您那樣的有名。（請原諒我將來的憧憬。）看到「慈航」內青年信箱投稿簡約後，我便想請教您兩個有關文學方面的問題，望您能夠在百忙中抽出點時間來為我答覆，又因為我沒有訂慈航季刊，故請您將答覆的信件，直接寄到敝舍來。

以下兩題，是我要請教您的：

一、初學寫作的人，是否要具備條件？如果要，是什麼條件？該從哪方面着手？

二、如何欣賞和分析作品？

以上兩題，請您賜答，非常感謝！

敬祝

身體健康

讀者高添財叩上

五五、十一、二十

添財先生：

讀了你的來信，知道你對于文藝創作，具有堅强的信心，我高興極了！只要你有恒，不灰心，能再接再厲，那麼不論立志做什麼事，都會成功的。

初學寫作，應該具備什麼條件呢？我想第一是：有勇氣投稿，不怕失敗。

第二、虛心接受批評。文章登不出來，不要動輒咀咒編輯；而要自己反省，請朋友看一看這篇文章，對方給與你的批評，要虛心接受。

第三、多讀世界名著，是幫助你把文章寫好的一大力量，你要仔細閱讀；而且要寫筆記。

第四、儘量多練習寫，不必急于發表。

第五、先從多讀下手。

至於你的第二個問題，如何欣賞與分析作品，請參閱「我怎樣寫作」中的「怎樣欣賞世界名著」，恕我不在此重述，以免侵佔了寶貴的篇幅。

祝你

進步！

謝冰瑩上

五五、十二、十一

再者：尊函信封不知丟到那裏去了，這信不能直寄府上，只好在慈刊中發表，希望你能看到。

冰瑩又及

怎樣寫日記？

冰瑩先生：

上次您蒞臨本校演講時，提出了一個寫作的練習，必須天天寫日記，我聽了這話時，想請問您一個問題，苦於沒有空閒時間；又上次沒有到市一中參加座談會，所以至今才向您請問。就是關於寫日記的方法。我是一個住校生，每天生活都是千篇一律的，總是起床早讀，吃飯上課等，並無可記的，請問謝女士，我們應如何寫法？

數月後，我的弟弟將入初中，我想請問老師：剛要學習看小說的人，是讓他由哪方面先看起呢？

我有一個要求，就是想請老師給我一張您的近照並簽名，以便我能天天看到您的作品及您的尊容。

請老師原諒我這不懂文學的人，竟敢向您請教，並請老師多多指教。

敬祝

安康

您的小讀者黃美惠敬上
五三、十、一

美惠同學：

非常抱歉，你的來信放在抽屜裏很久很久了，到今天才找出來答覆，使你等得太久，我太糊塗，以後絕對不會這麼誤事了，請你原諒我這一次。

你說天天的生活一樣，沒有什麼可寫的。我就不相信每天的生活會天天一樣，你看報上的新聞，沒有一條是相同的，天天有不同的新聞，我們如果天天養成寫日記的好習慣，那麼就不愁沒有材料可寫了。

寫日記的方法，首先要帶一點强迫性，因爲每個人都有惰性，懶得動筆，往往拿沒有材料可寫爲藉口；或者說：「我沒有時間。」其實這些都不成理由，主要原因是「懶」，所以我們首先要克服這個懶字；其次你要有恒，萬一今天沒有什麼特別事可記，那麼你就光只記一個日子，(天晴下雨）或者和朋友談話的內容也可擇要記下來。底下我還告訴你寫日記的好處：

第一、可以練習寫文章。第二、記下自己做錯了的事，或者計劃中要做的事。第三、心中有什麼不高興，或者痛苦的事，可以盡量在日記裏發洩出來。第四、到過什麼地方，把那些山水名勝，特別出產；有歷史價値的古蹟；或者看到的特殊人物；聽到的有趣故事，都可把它記下來，以做你將來寫遊記、小說、散文的參考。第五、記下國家和世界發生的大事。第六、記下你和朋友的交往。

美惠同學：日記是一個人最寶貴的財產，它是無價之寶，我勸你千萬要立志天天寫它，我包你有很大的收穫，它會幫助你在學問和事業上的成功。

我寫了四十多年的日記，從來沒有間斷，只有在日本監獄中，間斷了三個星期，後來把那二十一天中的生活，都寫在我那本「在日本獄中」了。

寫吧，盼望你天天寫，千萬不要間斷。

祝你

成功！

謝冰瑩上

五三、十二、十六

再者：令弟最好先看小品文，短篇小說，獨幕劇等，以提高他閱讀的興趣。

冰瑩又及

初學寫作，應該從何處下手？

冰瑩先生：

當您收到這封突如其來的信時，一定會感到非常的驚訝吧！對不起，在您百忙之中，我是不應來打擾的；可是我實在太喜歡您的作品；尤其是「女兵自傳」，它眞是一部可愛又可貴的書。它使我看得忘却了一切疲勞，甚至在晚上做夢，也夢見自己竟做起女兵來了，那種威風凜凜的神氣，心裏有說不出的快樂；但當我夢見那種戰場可怕的情景，就會嚇得大叫起來。同學們都要我寫信給您；但我不敢下筆，原因是：我最不會寫文章。另一方面，却怕遭先生不理的難過。我今天所以不顧一切來寫這封信，其實都是同學們和老師們鼓勵的力量。

我自幼就酷愛着文藝，所以我對作文也特別喜歡。我常常想：假如有一天，我也能著一部書，獻給大家欣賞，那該是多麼高興呀！只要一到作文課，我就喜歡的不得了，我認爲唯有作文才能發揮一個人的眞誠的情感和無上的智慧；但是我却討厭作議論文。有一次，老師只出了一個題目，就是「敎育之重要」。這篇文章，使我挨了父親的一頓大罵，這也難怪，因爲父親在報社是專寫「社論」的，在他的眼光中，把我估計太高，而擺在他面前的，只是如此而已，當然是要挨罵的；然而使我感到驚奇和慚愧的是：老師竟把那篇父親認爲不成文章的文章，唸給同學聽，而且還說：「作得很好」，那時眞使我羞得無地自容。

我在父親嚴格的指導下，我看過「曾文正公家書」、「三國誌」，胡適所著的「我的母親」。父親從不許我看現代文藝小說，他認爲現代小說，會妨礙青年們的心理。所以在那段時期，我幾乎沒有接觸到文藝；而心裏却很愛看。幸好我們上學期換了一位國文先生，她非常注重學生的興趣，她儘量要學生從自己的興趣去發展。所以她借了許多文藝書籍給我看，奇怪，這次父親並沒有嚴厲的反對。在前兩星期，老師拿了本「女兵自傳」給我看，這本書我太喜歡了；接着我又看了您的「聖潔的靈魂」，其中我最喜歡「姊姊」、「英子的困惑」。我眞希望能看到您每一部作品，在我們學校是難於借到的，原因是人比書多。

我常常愛問剛從師大畢業的新老師：「你們的謝冰瑩先生好嗎？」他們的回答：「當然好囉！」我又問：「她漂亮嗎？」他們作同樣的回答：「當然漂亮呀！」

我眞高興我能寫信給您，我想這封信，一定錯誤百出，請先生儘管嚴格地指正我吧！做我最尊敬、崇拜的老師，冰瑩先生，假如我要做您的學生，您會討厭嗎？請告訴我，初習寫作，應該從何下手

敬請

教安

讀者胡寧容上
五四、三、五

（再者：我就讀臺南女中初三甲組）

寧容同學：

你的信，寫得太好了；尤其第四段，簡直是小說的筆調，本來像這麼長的信，是不適宜在信箱裏發表的，但這次破例了。

你想做我的學生，我非常高興，只要考上師大的國文系，我們就可在一塊兒研究了。

你有這麼好的父親，一定會敎導你，使你將來成爲作家的。看了這封信，就知道你具有文學天才，你問我初學寫作應該如何下手？記得這個問題，早已有人提出問過，我希望你先寫散文、日記、雜感、和讀書筆記。你不喜歡議論文，我也和你有同感；那麼，你就從抒情文、描寫文、記敍文開始吧。

祝你

進步

謝冰瑩上
五四、三、廿九

怎樣尋找題材？

謝老師：

我今天終於鼓起勇氣，來寫這封信給您。我非常惶恐，面對着一位最崇敬的人，眞不知如何寫才好？我從小就對寫作有極濃厚的興趣，今年已經初二了，偶而翻到了以前的作文，覺得很幼稚；可是又不會尋找題材。老師，您說我是否應改變作法，向普通文章的高一級邁進？我什麼都不懂，雖然心中似乎有滿腹的文章，却寫不出來。想題目，最難了，一些幼稚的題目，覺得不適於我寫；比較好一點的題目，又想不出來。老師，您肯指示我嗎？我很希望得到老師的指導，無論關於那一方面的，我都會遵照老師所指導的去做。老師，我有個冒昧的問題，請求您答覆；您在初二時，是否像我一樣，想請人指導呢？您也寫過信給作家，希望得到對方的回音嗎？您願意將對於初寫文章應注意的事敎給我嗎？您也能出題讓我作，同時批改我的文章嗎？我就讀萬華女中夜間部二年級一班，我在家裏等老師的回信，我相信老師不會使我失望的。

祝您

身心健康

一個崇拜您的學生張玉蘭敬上
五四、一、二

玉蘭同學：

你的來信，收到很久很久了，因爲被傭人壓在一堆舊雜誌下面，所以今天才找出來，害你等得太久，實在太對不起了！

一、你不知道怎樣尋找材料和想題目，這是大家都有同感的。材料，我以爲到處都有，打開報紙，上面有許多新聞，就可利用它寫文章；我們日常所接觸的形形色色的人和事，都可以選擇一些來做寫作材料，只要你仔細觀察，特別留心就行。

題目，是與內容有關的，只要有豐富的內容，題目自然就想出來了；如果你還不知道要寫些什麼，自然想不出好題目來。

你還太年輕，不必急急苛求文章的突進，能夠天天練習寫日記，做讀書筆記，你一定會把文章寫得很好的。

二、是的，我在中學時，也希望有人指導我寫文章，看小說；寫信給作家時，很焦急地等候他的回信；有時也有一種自卑感，深怕他們不理我，這與一般青年朋友的心理一樣。

三、請原諒我沒有功夫爲你刪改文章，所以也不便出題目，因爲我的功課實在太忙，假如你知道我每個星期要改七八十篇文章，就會不說我「偷懶」了。

以你初二的程度，能寫出這麼流利的文字，我相信你一定看了不少文藝作品。

祝你

繼續努力！

謝冰瑩謹覆

五四、三、十八

怎樣填詞？

謝老師鈞鑒：

久聞大名，崇仰不已，未能一識老師風采，深引以爲憾。久居海島，生氣索然；日前友人寄來大作「菲島記遊」一書，讀完之餘，深深爲老師那流暢的文筆，流露着眞摯的情感，蓬勃的朝氣和青春的活力所感動。好像自己遊歷了菲島的旖旎風光一般，而不知此身在金門了。古人云：「文如其人」，想像中，老師一定是一位仁慈安祥而富有人情味的長者，所以今天才冒昧地寫信來求敎您。

我是本省人。畢業於彰化商職二年有餘，愛好文藝，業餘與書籍爲伴。我以爲讀書是人間一大樂事，名著小說、古書，略有所窺。近讀「白香詞譜」，深爲那凄切纏綿的詞句所感動。在此枯燥的環境裡，我忽然想學學塡詞（知道塡詞甚難，只不過想學學罷了），然不諳「平仄」。書云：平聲有「陰平」和「陽平」兩聲，仄聲有上、去、入三聲。以現在的四聲，似不能定「平」「仄」，究竟如何辨別，老師是否可以費神擧例告訴我？我在外無老師，念及您和藹仁慈，所以才大膽地寫信請敎。我深知老師日理萬機，或者對此瑣事不屑一顧；如蒙撥冗賜予解答，實感莫大的榮幸！

此祝

康健

晚生陳子民敬上

五四、五、三

子民先生：

您的信太客氣了，使我讀了，感到非常慚愧。

一萬個對不住，詞，雖然也是我喜歡的文學作品；但我不會塡詞，而且從來沒有學過，因此對於平仄，我也弄不清楚；不過先父曾經敎我一個塡詞的方法，也像一般人說的：「熟讀唐詩三百首，不會吟詩也會吟。」同樣，您如果多讀宋詞，我相信您自然會塡的。在「舊詩作法講話」這本小册子裡，對於平仄講得非常詳細，您可買來看看；還有關於其他詞曲入門一類的書，也可托令友買給你參考。

在前方寧靜的生活中，您能放下槍桿，就拿起筆桿，實在太令人敬佩了，在此謹爲您這位文武雙全的戰士祝福。

謝冰瑩謹覆

五四、六、十二

怎樣才能寫出一篇好文章？

冰瑩女士：

我不知如此稱呼您是不是對的？如果錯了的話，請您原諒。

以前常常在各報上和各雜誌上拜讀過您的大作，篇篇都寫得那麼好，使我由心裡佩服您。今天早上，上了一節國文課，講到「兩塊不平凡的刺繡」，我想您也許還記得它是您所寫的。起初，我並不覺得寫得怎樣特殊；但是後來，我越讀下去，越覺得這篇文章實在太生動了，刻劃人物是那麼細膩，詞句用得恰到好處；尤其最後幾段，我看了之後，就好像眞的看見您的母親一樣；而且心裡也很替您難過——失去了這麼一位好母親。

寫了這麼一大堆話，尙不知您是否已想起這篇文章？再說，也許您自己會覺得這篇寫得並不理想，因爲我知道您寫的文章實在太多了，比這篇好的也太多了，不是嗎？

現在，我誠心地請問您：

一、您的文章爲什麼會寫得那麼動人？

二、能借給我任何一篇您的文章看一看嗎？（看完卽寄回）

三、我怎樣才能寫出一篇好文章呢？因爲我很愛好文學，所以我希望您能常常指導我的作文，好嗎？

敬祝

健康快樂

一個初二的學生扈淑芳

五三、三、一

淑芳同學：

眞對不起，你三月寄給我的信，到今天才回，你不怪我吧？

「兩塊不平凡的刺繡」，我沒有忘記，原因是它日夜掛在我的牆上，抬頭便看見。每年到了暑假前，師大國文系的畢業同學，她們要到初中去試敎時，便來找我借這兩塊刺繡給小朋友們去看，正如你所說的，這篇文章，我並不認爲滿意，但是很多讀者喜歡她。

一、你問我爲什麼寫得那麼動人？這是你的過獎，我只記得寫這篇文章時，我流了不少眼淚，也許這些眞情流露的眼淚，就是能使你感動的原因。

二、你想借我的文章看，一定是指原稿。非常抱歉，我寫文章，從來不留底稿，寫完，就寄出去了，等下次我寫了時再寄給你。

三、這個問題，彷彿我已經回答過了，要想使文章寫得好，首先要多讀名著；同時使自己的生活經驗豐富，隨時隨地蒐集寫作材料；還要培養靈感，用你的眞感情去描寫，不要害怕，也不要驕傲。至於流利的文字，成熟的技巧，都是因爲寫了很多，就會自然而然地寫得很好了，所謂熟能生巧，就是這個意思。

看你的字和文筆，不像是一個初二的小朋友寫的，我希望你好好努力，將來一定會成功的。

謝冰瑩上

五三、九、四

怎樣走上寫作之路？

我最敬愛的冰瑩老師：

您好？當您看完這封信時，也許會感到陌生與驚奇。

記得去年，我無意中在圖書館裡拜讀到您的大作——愛晚亭，看完後，使我對您的文章發生了很大的興趣，甚至佩服得五體投地。

自此以後，我常常到圖書館或者到書局去閱讀或購買老師的作品，舉凡老師有什麼新的著作，我總是想辦法得到它或看到它；老師的作品，實在太好了！看完你的作品後，我常常會對人家說：「冰瑩老師的作品，實在太好了！」

老師！爲了表示我對您的敬慕，我大膽地寫這封信給您，在這兒，我有一個太不自量的「幻想」，就是想與老師結爲文友，希望能得到老師更多的指示與敎導，告訴我怎樣走上寫作之路？

我知道我不該打擾老師寶貴的時間；然而一種神奇的精神力量勉勵我，支持我：「寫吧，冰瑩老師一定會答應你的。」我想老師是愛護青年的，該不會拒絕一個您最忠誠的讀者的請求吧？

我是一個菲律賓智識淺薄的華僑學生，兩星期前，剛度過第十七個快樂的春天，我出生在我國大陸，到菲律賓來，還是兩年前的一個夏夜。

老師，答應我這個不自量的請求吧，希望我這個不自量的「幻想」，有實現的一日。

夜已深了，明天還要上課呢，我不能多談，寫得不好，請老師多多原諒，並加以改正。

最後我把忠誠的祝福，遙寄於夜星中，願它永遠爲您閃爍，並帶着您的回音歸來！

祝老師

永遠快樂

您忠誠的讀者施能級上

五五、三、八夜

能級同學：

巧極了，三月八夜你給我寫信，我那時正躺在床上呻吟，差一點我成了殘廢的人，右腕脫臼、裂開，痛了三個月，才把繃帶取消，現在快半年了，我還沒有完全復原，每次寫一二百字就要休息一會兒，才能繼續寫下去，這對於我的工作，大有阻礙，非但不能寫文章，連回信也有困難了。

你的來信，過於客氣，使我看了怪難爲情。也許是因爲你不久以前，才從大陸來到自由的樂土上，所以我特別爲你高興，也特別願意和你做朋友——所謂忘年之交。

你問起怎樣才能走上寫作之路？其實你已經開始寫作了，例如你這封信，就是一篇很流利的散文，你的作文或者你的日記，都是寫作的初步；我們常常在不知不覺之中，走上了寫作之路。只要你愛好文藝，而又肯虛心學習，多交幾位志同道合的朋友，大家共同研究，互相切磋，比起一個人孤陋寡聞，獨學而無友，要有益多了。

文藝是一門令人不可思議的學問，有多少人對它嚮往，爲它廢寢忘食，自己很想成爲舉世聞名的作家；但因爲好名心切，而又不肯下苦功夫，於是欲速則不達，以致埋怨文藝，結果一無所成；也有許多人，但顧耕耘，不問收穫，終日埋頭於讀書寫作之中，他成了名，還不知道他的眞名實姓，因爲他是用筆名發表的。

我希望你成爲第二種人，祝福你前途無量！

謝冰瑩上

五五、九、五

怎樣寫長篇小說？

冰瑩先生：

天氣太熱，怕您看信費神。一切客套免了，請您原諒！

我的表妹，因爲不滿意父母爲她訂下的包辦婚姻，於上月自殺了，我想把他的材料寫成長篇小說，請問如何下筆？

祝您

健康

讀者于綱謹上

五五、七、六

于綱先生：

恕我冒昧地問你一句話，過去你有寫小說的經驗沒有？如果沒有，我勸你還是從短篇小說開始的好，因爲長篇在結構方面不容易處理，首先你要列出大綱、人物表、爲了節省篇幅，我不多寫了，請參閱拙作「我怎樣寫作」中的短篇、中篇及長篇。

祝你

健筆

謝冰瑩上

五五、九、五

寫文章，是長好呢？還是短好？

謝教授：

從前在報上曾看過林語堂博士有句名言，說演講要像女人的裙子一樣——越短越好！我看了這句極富幽默感的妙喻，認爲他是有感而言，實在發人深省。

現在我有兩個問題請教您：

一、對於「王大娘裹脚布式」的演講，我也感到頭痛；可是有時面對師長們長篇大論的「訓誨」，雖然內心感到討厭，但是又不得不聽下去，在這種情況下，如何矯正自己「違抗」的心理？

二、寫文章，是長好呢？還是短好？

我等着您的答覆，先謝謝您了。

敬請

敎安

讀者余爲羣謹上

五六、六、十二

爲羣先生：

謝謝你的來信。

兩個問題，使我有點難於解答。因爲第一、我自己就是一個不喜歡聽「裹脚布」式的演講的人，自然，學術演講例外；尤其遇到大庭廣衆面前，最害怕聽長篇大論，說教式的講演！我奇怪，有些人何以一點也不懂羣衆心理，在那些有紀念性，照例請名人講話的場合，最好越短越好，我想林語堂先生那句妙語，大概由于他聽了長篇大論之後，有感而發的吧？

至于要怎樣聽師長們的長篇「訓誨」？這就要看你是否有忍耐的精神？你要抱着一種求知的目的去聽，他講半小時或一小時，總有幾句話對于我們立身處世有益的，這麼一想，你就可以耐煩地聽下去了；萬一他說的都是已經聽過若干遍了的老生常談，你實在聽不進耳，那麼，我勸你不必討厭，也不要感覺痛苦，你在腦子裏構思一篇文章的輪廓，或者想像一個很美的故事好了。

第二、寫文章是長好呢？還是短好？這要看文章的本身好壞而言：例如都德的「最後一課」，安徒生的「賣火柴的女兒」，朱自清的「背影」，都是短文章；曹雪芹的「紅樓夢」，羅曼羅蘭的「約翰・克利斯托夫」，托爾泰斯的「戰爭與和平」，都是長篇小說，你能說他們的著作何者爲好，何者爲壞嗎？其實兩者各有千秋。我們寫文章應該是有話則長，無話則短。現在臺灣最流行的長篇小說，動不動就是五、六十萬字，或一百萬字，看過之後，最精彩的不過幾萬幾千字而已。所以文章的好壞，不在篇幅的長短；而在主題的正確，內容的豐富，結構的緊湊，辭藻的優美與否。

爲羣先生，天氣太熱，加之又在重感冒之中，只簡單地答覆，不知你認爲滿意否？

敬祝

努力

謝冰瑩上

五六、七、十五

為什麼要看小說？

冰瑩先生：

我是一個初三的學生，今年暑假就要畢業，投考高中了。功課非常忙而緊張；但教我們國文的老師說，要想使作文進步，常識豐富，最好多看小說。究竟小說有什麼重要性？它對作文，眞的有幫助嗎？請您給我一個正確的指示。

臺北建國中學王秉仁上

五六、三、二

秉仁同學：

我眞羨慕你有這麼一個好國文老師，他鼓勵你們看小說；有些存着偏見的人，以爲看小說是有害無益的，這就大錯而特錯；不過看小說要經過選擇，倒是很重要的。這裡，我先答覆你的兩個問題：一、小說的重要性；二、小說對寫作的影響。

一、我們都知道小說是人生社會的一面鏡子，人生的喜怒哀樂，悲歡離合；社會的善惡與衰，單純複雜，通過作者的觀察和想像，一一寫在作品裏；有時給病態的社會以批評、指導；有時給苦難的人生以安慰與鼓舞，簡單說來，它的重要性有下列六點：

㈠發揮偉大正確的思想；

㈡表現並分析時代精神；

㈢發揚眞理和善良的人性；

㈣表現高尚的理想，與永久的情操；

㈤暴露社會的黑暗面，描寫人生的光明，指示人生正確的出路；

㈥建設眞、善、美的人生。

小說既然有以上的重要性，因此作者要愼重地處理他的題材，不可用遊戲文筆隨便寫作；而讀者也要仔細研究，從作品裡面去發掘作者的思想和技巧，使它對自己的寫作有所幫助。

二、看了許多小說之後，寫起文章來時，不愁文字不通順。因爲別人的經驗，別人的技巧和豐富的辭彙，無形之中都到了你的腦海裡，你拿起筆來，許多美麗的形容詞，都會湧到你的眼前來，任你選用。記得我在中學時代，因爲看了許多世界名著，不知不覺就把文章寫通了，每遇上作文課時，許多同學望着黑板上面的題目發呆、着急，而我總是第一個繳卷的。我寫起文章來時，速度特別快；我喜歡寫自己最熟悉的題材，這個方法，希望你試試看，我相信一定有效的。

謝冰瑩上

五六、四、三

我有資格從事寫作嗎？

冰瑩先生：

我很高興在佛教刊物裡面，看到了慈航，我把每一篇文章都讀過了，對我有很大的幫助和指示。我看了佛教青年園地裡面八篇文章，我投稿的心也怦怦地動了，我很想將來走上寫作之路，不知道可不可以？請你告訴我應該怎樣向這方面努力？

敬祝

健康

讀者王子健上

五六、一、五

子健先生：

大札由本刊編者轉來，謝謝！

我相信一個愛好文藝的人，都有資格從事寫作。主要的是先要對文藝發生興趣；有了興趣，就要好好地培養它。首先是多讀名家的作品，然後進一步自己練習寫作。起初你也許會遭遇到許多困難，例如：寫起文章來時，詞不達意；或者寫了一篇文章，自己以爲很滿意；而投到某報或某雜誌時，非但沒有登出來，簡直如石沉大海，毫無消息。這時意志薄弱，或者經不起打擊的人，他就會感到心灰意冷，再也鼓不起勇氣來投稿了。子健先生，我相信你不是屬於這種人，因爲他是不會成功的。我希望你多多練習寫作，最好每天寫日記，讀完一部小說或散文、詩歌之後，就寫出你的心得。只要不斷地寫，抱着「但顧耕耘，不問收穫」的決心去從事創作，我相信你一定會成功的。

謝冰瑩上

五六、二、二十

什麼是文學的要素？作品的價值是什麼？

冰瑩先生：

我是你忠實的讀者，你的著作，我看過很多很多，給我印象特別深的是「女兵自傳」。這次在「慈航」上讀到你的「慈航法師——我的師父」，我知道你成了虔誠的佛教徒，可見慈航老法師感人的深刻，現在我有幾個關于文學上的問題想請教你，不知道你肯抽出幾分鐘賜答否？

一、什麼是文學的要素？

二、作品的價值是什麼？

你忠實的讀者呂達

五六、三、四

呂達先生：

讀來信，使我感到非常的慚愧！你太過獎了，如果說我寫的東西還值得一看的話，那功勞要歸於廣大的讀者朋友；要是沒有他們的熱情安慰我，鼓勵我，我不會寫一輩子的。

現在我來簡單地答覆你的兩個問題：

一、文學的要素，一般人都說：

第一、熱烈的情感；

第二、正確的思想；

第三、豐富的想像；

第四、優美的形式。

二、作品的價值：

第一、有永久性；

第二、有普遍性。

這就是說，一部有價值的作品，它是經得起時間的考驗的，不管經過幾百年，幾千年，都能受讀者歡迎；至於普遍性是指無國界，無地域性而言，正像一般世界名著，它被譯成許多國家的文字，受到無數萬萬的讀者讚美一般。

謝冰瑩上

五六、四、六

怎樣作新詩？

冰瑩教授：

我非常喜歡看些佛教文藝；尤其對於新詩，更感興趣；可是，我不會寫。過去我曾讀過您的『我怎樣寫作』，給我鼓起了寫作的勇氣，現在付上一首習作，請您指正指正好嗎？

讀者 謝景祥上

五七、二、九

夜與星

遠遠的江河在那兒作浪，沉沉的暮氣，帶走了美麗的蕩漾。夜，分不出那裏有林木翠綠，也看不清遠處的農場。

朋友！回去吧！爲什麼不待黎明前往，你知道夜是多麼的漫長？我宛如聽到星兒在細語；可是我要抱着忍耐與堅毅的信仰。

夜的景色爲甚麼這樣渺茫，呼喚吧？也許人家深入夢鄉，朋友啊！慈航普度了！我彷佛登上了舟航。

從此我可任意浮向海洋，朋友！你怎能放棄了故鄉？星星呵！我豈要投入滿佈荊棘的羅網，念及此身，我心多悲傷！多悲傷！

景祥先生：

非常抱歉，你的信，因太忙，我到今天才回，請千萬原諒！

詩，我是不懂的，有些人把新詩看得太容易，以爲是散文的分行寫，這是大錯而特錯的。首先我們來看詩的特質是什麼？我把它分爲十點：

一、主題正確。
二、含意深刻。
三、情感眞摯。
四、想像豐富。
五、音調鏗鏘。
六、叶自然的音韻。
七、形式美觀。
八、結構嚴謹。
九、辭藻優美。

十、引起讀者共鳴，讀後回味無窮。

恕我不客氣地說，你這首詩，只能稱爲散文，題目也不妥。『我宛如聽到星兒在叫喊。』我把『叫喊』兩字改爲『細語』，本來星星是不會說話的；但你用了『宛如』就可以了。

對於詩，我有點淺薄的看法，我認爲它是文學裏面的精華，不是每個人都可學詩的；第一，作者要有天才；第二，要有比較高深的文學修養。我常常勸告我的學生和一些和我通信的青年朋友，我總是勸他們先把散文寫通了才去作詩不遲，也許這句話會刺傷準詩人的心；但事實的確如此，假如連一封信也寫不通，希望把詩寫好，這是絕對不可能的！

今天因爲時間的關係，我只簡單地談到這裏，下次有機會再寫。

祝你

努力

謝冰瑩上

五七、三、十五

一個希望

冰瑩先生：

我知道你很忙，所以不說那些客套話了；現在，我有兩個問題請教你：

一、每次我收到「慈航」，習慣地總是先看信箱，因爲裏面有許多問題，也是我想知道的；可是失望得很，因爲幾期信箱停刊了，想必是爲了你太忙的緣故，可以再恢復嗎？我熱烈地盼望着它能和我們見面。

二、我是個有志於寫作的人；但我愚笨得很，沒有天才，請你告訴我，一個愚笨的人，也能從事寫作嗎？

熱烈地期待着你的回信。

祝你

永遠健康

學生王明誠上

五八、二、五

明誠同學：

一、自從信箱停止以後，我曾收到好幾位讀者來信，他們有的質問我，有的原諒我，本刊編者曾再三要我恢復，我也很願意經常和年青朋友們保持連繫；只是我實在太忙了，身體又不太好，時常有小毛病，要去找醫生，現在我想從本期起恢復信箱，不計多少，不論長短，那怕三言兩語也是好的。

謝謝你的關心，這是回答你的第一個問題。

二、我是一個不相信「天才」的人，有許多沒有天才的人，只靠着他有恒地努力，結果成功了。在中學讀書時，我牢牢地記住了科學家愛迪生的話：「什麼是天才？百分之一靠靈感，百分之九十九靠忍耐和努力。」

老實說，我是個最愚笨的人，我沒有天才；但我肯努力，不斷地努力。我喜歡學習，就拿寫作來說吧，我曾經嘗試過小說、散文、舊詩、新詩、劇本、電影脚本、兒童故事……可是沒有一樣學得好，換句話說，我沒有什麼特長；但我並不灰心，我還在學習，學習，學習，永遠地學習，直到生命終止的那天，我不會放下筆的。

記得去年我在美國佛洛里達參觀「愛迪生之家」的時候，又從廣播裏，聽到他那謙虛而又肯定的聲音：「天才？百分之一是靈感，百分之九十九靠努力！」

這回沒有「忍耐」兩個字，我不知道是過去翻譯的人加多了兩個字，還是我聽錯了，減少了忍耐兩個字。我覺得「忍耐」和「努力」，都是最需要的！有些人急於想成名，不擇手段，甚至步抄襲之路，未免太可笑了！愛迪生是個不怕失敗，再接再厲的人，因此才有這麼多的發明，留給後世永不磨滅的功績。我們從事寫作，如果有忍耐和努力的精神，最後一定會成功的。

不過，寫作這一條路是漫長的，也是艱苦的，你首先要多讀名著和作家的傳記，以及他們的寫作經驗；其次，多體驗生活，隨時隨地搜集素材，等到你有了寫作的衝動時，就可以將所想的，所感到的寫出來。起初，也許你發現有不通順的句子；或者用了不妥的形容詞，你可以請老師或比你文章寫得好的朋友修改，我相信每個初學寫作的人，都要經過這階段的；以後寫多了，自然就通順了。

今天寫了不少，下次有機會再談。

預祝你

成功

謝冰瑩上

五八、三、十

寫信、看故事，對作文有幫助嗎？

謝教授：

您好！我是一個在日本讀中學的學生，有三個問題想請教您，不知您肯否指教？

第一、我最不喜歡寫信，也不懂應該怎樣寫，因我所讀的中文書很少，(日文書也不多，除了漫畫。)總是寫不出什麼，這也是原因之一。

第二、我不了解語文是不是只要講得通就够了呢？還是要用許多形容詞來化化粧纔對？我總嫌後者太麻煩了，我連最簡單的客套話都不會，這些更不要談了。

第三、看故事書是不是好？對作文有幫助嗎？我比課本愛看它；可是常常看着看着就想睡覺，因爲生字太多，所以我不知道該怎麼辦才好？

謝教授，我是個中國人，有心要唸好中文，今後要開始多練習寫信，請您多多指教。

祝您

健康快樂

臧大千敬上

五八、六、五於東京新宿

大千同學：

非常感謝你從遙遠的東京給我來信。你的字寫得很好，語句也很流利。有許多在外國讀書的人，都忘記了本國的語言文字，這是最要不得，最痛心的一件事！我不知道你看過都德的「最後一課」沒有？那是描寫一個頑皮的小學生，平時不好好用功讀書，只管貪玩，後來法國被德國打敗了，除了割地賠款而外，最厲害的事，從此不准講法文，要讀德文；因爲是最後一課，許多老頭都來聽講，那個遲到的小學生，突然變得聰明起來，而且非常愛讀書；可是已經遲了！正在大家萬分傷心的時候，講臺上的老師，用最沉痛的聲音說：「只要你們不忘記祖國的語言文字，法國一定有復興的一天！」

因此別的國家，要侵略我們，先要消滅我們的語言文字。大千，你該知道日本佔領臺灣五十年，他們不許我們的同胞說中國話，讀漢書；可是結果呢？大家還是偷偷地講，偷偷地學；而且更覺得自己的國家可愛了！

好，現在我來回答你的三個問題：

第一、寫信，記日記，都是作文進步的最好方法，你不喜歡寫信，可能因爲你沒有最好的朋友；要不然，就是朋友在你的身邊，用不着寫信；至於怎樣寫信？這要看你有沒有問題需要討論的？有沒有什麼事情需要商量的？假如是幾句問候的普通話，誰也會寫。不錯，你已經說出原因來了，讀的中文書太少，因此詞不達意，不能暢所欲言，唯一補救的方法，便是多讀中文。

第二、語文的第一個條件是通，第二個條件是美，第三個條件是言之有物；換句話說，很好的語文，要具備眞、善、美三者。你用的「化化粧」三個字非常生動，別致而有趣。我是主張文章應如行雲流水一般自然，不喜歡化粧，因爲自然美比人工美要有價値得多，也要美得多；不過將來你學了修辭學，也會懂得文章不能太直率，有些地方是要講究推敲的，初學寫作的人，還是以通順爲目的，不要講究化粧。

第三、看故事書，千萬要經過一番選擇。好的故事，對你有益，對作文有很大的幫助；不好的故事書，對你只有害處。生字多，是使你想瞌睡的原因，你要準備一本辭海或者辭源，不認識的字，一查就知道。

最後，我歡迎你多給我來信，不管我有多忙，也會給你回信的，因爲你的志向使我欽佩，我相信你的中文一定會一天一天地進步的，謹在此預祝你

成功

謝冰瑩謹覆

五八、六、十五

如何從事兒童文學的創作？

謝老師：

自復興文藝結訓後，我就想寫信求教您；但接着又參加了東西橫貫公路健行隊，還到屏東看我的老祖母，今天才回到基隆來。

七月二十日，您爲我們上「散文概論」的課，這是我多麼盼望的機會，我一直擔心地問季薇老師，您會不會來上課？見到您，好高興！除認眞聽課外，我是第一個站起來發問，請教有關兒童文學的問題，非常高興，我是唯一有這機會的，因爲很快就下課了。

我從事小學教育已有五年，非常喜愛兒童。目前兒童文學的不景氣，我想是寫的人少，出版商也不願推銷的緣故，因此在兒童精神上，就不容易得到充實。爲人師者，莫不感慨萬千；爲此我志願從事兒童文學的工作，所以說，我的著作除了興趣外，似乎又加上了責任。

在此，我有兩個問題想請教您：

一、如何去從事兒童文學的創作？

二、請老師介紹，目前臺灣已出版有關兒童文學理論與創作的書籍。

您爲人誠懇，喜愛青年朋友，這是大家所共知的，所以我才很高興寫這封信。希望今後能時常和您通信，使我有能力多爲孩子們做點事，也會像敬愛我的媽媽那樣敬愛您。

敬頌

教祺

生王天福敬上

五九、八、十九

天福先生：

請你原諒，因爲眼疾，到今天才覆，萬分抱歉！

讀了你的來信，我感到萬分高興！誠如你所說，在臺灣，兒童文學實在太不景氣了！儘管許多報紙，附有兒童週刊，國語日報，每天都登兒童的作品；可是拿小讀者的比例來說，實在太少太少了！

兒童文學，是孩子們的精神食糧，不可一天缺少的，政府和出版商都不重視兒童文學，這是使兒童文學不景氣的最大原因。其實，據我所知，喜歡寫，而且現在正在從事兒童文學創作的人很多，只是沒有地方發表、出版而已。

天福先生，你既是小學教師，最適宜從事童話、故事的寫作，因爲你了解他們的生活、思想，又有機會去他們的家裏訪問；你早已認識了兒童文學的重要性，只要以赤子之心，立志去創作，一定會成功的。現在，我簡單地回答你的兩個問題：

首先，你要多看一些關於兒童文學理論方面的作品，其次多多欣賞安徒生、王爾德、格林兄弟、馬克吐溫……他們的童話，以及世界各國的童話、故事，多讀他人的作品，可以引起自己寫作的興趣，可做我們的參考觀摩。

其次，你必須從兒童中去蒐集寫作資料，多多觀察兒童的生活，了解兒童的心理。寫作時，盡量利用兒童口語，避免晦澀難懂的詞句；文字要簡短流利、生動、活潑、有趣。盡量避免說教；但主題必須含有教育意義。

至於第二個問題，在臺灣，能够買到的參考書有下列幾種：

一、兒童文學——吳鼎著（作者任教政大）

二、兒童文學的寫作——林守爲（作者任教臺中師專）

三、兒童讀物研究第一集、第二集（臺灣書店）

順便報告你，我從事兒童讀物寫作，也有二十年的歷史；可是僅僅出版十多部書，像「善光公主」，「仁慈的鹿王」，「小多流浪記」，「林琳」比較篇幅長的，其餘都是些短篇故事，我希望我們今後常通信，討論各自對於兒童文學寫作的心得。祝你

寫作成功

謝冰瑩謹覆

五九、十一、廿五

怎樣控制寫作時間？

謝教授：您好。

謝謝您的來信，我以爲該信被風吹走了，想不到信封並沒吹走。我知道您很忙，又要教書，又要清還稿債；回信或許要剝奪您的一些寶貴時間，眞對不起！現在我有四個問題向您請教：

一、請介紹好的文藝小說；如果你也寫過的話，最好介紹給我。我們都很崇拜您；尤其「女兵自傳」更使我們廢寢忘食，一口氣讀完它。

二、請問您，現在寫稿是否會接到退稿？這問題或許很可笑；但是我們練習寫作的年青人，却視爲很嚴重，我們接受的退稿太多，受的打擊太大，眞不知從何說起。

三、在報章雜誌上，看見某些成名的作家，寫的作品並不太高明，有時竟輸給年青人。請問：編輯拉稿時，有沒有注意到這點？

四、請問您是怎樣控制時間？像我，讀書時想到寫作，寫作時想到讀書，很是爲難！

敬請

教安

柯楓秋敬上

五九、九、十二晚

楓秋先生：

一、說來慚愧，我雖然出版過十多部小說，其中長篇只有「女兵自傳」、「紅豆」、「碧瑤之戀」三部，中篇小說「離婚」、「在烽火中」，其餘都是短篇小說。總計起來，還是散文寫得多一點。

二、我現在寫稿，幾乎可以說都是特約的，所以不會退稿。過去我曾好幾次遭受退稿，不是說篇幅太長，就是說內容性質不合他們所需要的。我很達觀，收到退稿，從來不生氣，更不消極、頹廢，我覺得文章不能發表，一定有原因，也許內容不充實，或者文字不流利，我只有自己檢討，從頭細看一遍，再修改一次，寄到別的報紙，不久就發表了。我相信任何作家，在沒有成名之前，都會遭受到退稿的，假如他灰心的話，永遠不會成功。

三、成名的作家所寫的文章，並不是篇篇是上乘之作，有時爲了應酬而寫的東西，更沒有什麼價值，編輯收到這類稿件時，他也是左右爲難，也許他想：管他呢？他是作家，寫得好不好，由他自己去負責。

青年朋友在將成名未成名時，他們需要特別努力，所以他們的作品，往往會超過名作家，這是好現象，也是「長江後浪推前浪，世上新人趕舊人」的必然現象。

四、我是很會控制時間的，我不浪費一分一秒。當我在等車、等人、或者聽人講演、參加宴會……特別是看病掛號的時候，我的腦子時時在構思一篇文章，有時可以想好幾篇文章，等到寫起來時就很容易了。

我能夠控制我的腦子，上課的時候，絕對不會想到寫作；寫作的時候，也不會想到教書，所謂心不二用，的確是有道理的。我希望你多多練習使腦子接受你的指揮；否則，會浪費很多時間而一無所獲，未免太可惜了！

敬祝

健康

謝冰瑩謹覆

五九、十一、廿五

「?!」號對不對?

冰瑩先生：

您好。現在我又要麻煩您了。前些時承蒙將拙作「二十歲的青春」一文，詳細批改，眞是感激不盡。現在又要您在百忙之中，替我解答兩個問題。

以前我曾看過您的大作「我怎樣寫作」這書，其中關於標點符號，您說：「?!」像這樣的標點是錯的，以後我看了許多書，也都是如此說；但近來無論在報紙、小說、雜誌……，這類標點實在太多了，我都一概認爲那是錯的；前幾天，偶爾見到我們的課本，高二下第十七課「碧血黃花」，由唐紹華所撰寫的劇本，也用到這種標點，無疑地，連敎育廳也承認那是對的。當時我問我的國文老師，他也說是對的，像這種情形，冰瑩先生，您說怎樣呢?

還有一點，是引號問題。在說話時，不是用「」嗎?而『』不是用在話中的話嗎?但是現在的小說許多都是相反，像這些標點簡直攪昏了我的頭。在此，我很想請敎您的看法怎樣?

敬請

敎安

您忠實的讀者王清福謹上

五六、六、廿五

清福先生：

你的來信收到很久了，因爲太忙，到今天才回信，請你原諒！

一、你說在高二課本十七課「碧血黃花」中，唐紹華先生也用了「?!」這樣的標點，連教育廳也承認，我仍然要說，那是錯誤的，不能這樣寫的；至於有些人一定要這樣寫，把錯的當做對的，所謂積非成是，那是沒有辦法的事，只好各行其是了。

二、引號有雙引號『』與單引號「」之分，五四運動以後，所有作品，凡是對話都用『』，如果引用第三者的話或格言、成語之類，再用「」；現在反過來了，所有對話，都用「」，等到引用別人的話或成語時才用『』，也許因爲「」號容易寫，用的太多，這樣改過來，也未嘗不可以；不過看起來實在有點不順眼。

你看書這麼仔細，我非常欽佩。

此祝

努力

謝冰瑩上

五六、八、十五

「的」、「地」、「底」的用法

冰瑩師：

謝謝您在「三脚貓」一文中的「紅字」。但我却由那些被删改的句子中，又增添了一個疑問，您願意給我一個簡單而且具體，甚至於擧例的答案嗎？記得以前，我讀過一本關於寫作用字方面的書，有一章專門說明「的」、「地」、「底」的用法，也許我的領會能力很差，看上三五遍，仍然迷迷糊糊！於是我只有一律用「的」來代替「地」、「底」（在那本書中說也可以）。請問您：「的」、「地」與「底」三字的不同及其用法，我並不直接希望您寫信回答我（因爲您的手痛未愈），只要找人代筆就可以了。

對了，請您對上一封來信的代筆者，替我道聲謝謝，他的字寫得可眞美。

有一天我讀中華副刊，看到姜貴先生的「祝謝冰瑩先生」一文，不知您是否讀了？那裏邊無一不洋溢著祝福與祈望，渴望您早日恢復健康，繼續耕耘您的「土地」。其實，您在手痛期間，也仍爲我們這些「小把戲」（我是個高中學生，您以後不必稱我什麼「先生」）回信，姜貴先生也許不知內情而已！如果您眞的讀了，您的內心又有什麼感受呢？

過了幾天，又在該報副刊上出現兩篇由學生寫的文章，那也是在惦念您，祝福您的，您看到沒有？

祝

健康快樂

學生 林光平敬上

五六、一、十五

光平同學：

謝謝你的掛念，我現在不用請「代書」，右手可以寫字了；不過寫多了還要痛，我寫兩三百字，就要休息一下，實在太不方便。

你問到「的」、「底」、「地」三個字的用法，我只能簡單地說一說，記得在語文月刊上，曾有一篇文章，說明「的」字的用法：

一、表明所屬的人物常用的字，例如我「的」書，你「的」鉛筆，他「的」哥哥……

二、是形容東西常用的字，例如：紅「的」花，綠「的」葉，美麗「的」蝴蝶，這裏，兩處「的」字下面都是名詞。

三、是人的代名詞：例如：賣菜「的」，賣花「的」，洗衣服「的」的字上面都是名詞。

四、的爲語助辭，與底同，按新方言釋詞：『今人言底言的，凡有三義：在語中者的卽「之」

字；在語末者，若有所指，如說冷「的」，熱「的」，「的」卽「者」字；若爲詞之必然，如說：我一定要去「的」。』

（請參閱辭海或辭源的字用法）

「底」字的用法：

一、「底」爲「下」的意思，如說花「底」、樹「底」、筆「底」。

二、歲月垂盡之辭，如月「底」，年「底」。

三、器具的有蓋者，上面爲蓋，下面爲底。

四、文書稿曰「底稿」，我們常說打「底稿」，就是草稿的意思。

五、語助詞，和「的」字一樣，宋人語錄用「底」。

六、用於所有格，例如我「底」衣服，你「底」帽子，這「房子是屬於王先生底」。

「地」字的用法：

語助辭，用作副詞的語尾。王仲初詩：「楊柳宮前忽「地」「春」，這裏，「忽」字爲形容詞，「春」字爲動詞，由此我們可以知道，凡形容詞與動詞之間，可用「地」字，例如：

溪水潺潺「地」流着。

王君沒精打采「地」走進來。

白雲悠悠「地」飄去了。

李君大聲「地」罵道：

他匆匆忙忙「地」走進來。

…………

其他的用法，不必舉例。

姜貴先生，和另外兩位青年朋友的文章，我都讀到了，非常感謝他們的關懷。寫到這裡，我的手有點痛了，下次再談吧。

即祝

進步

謝冰瑩上

五六、二、九

三、其他

你是謝冰心的妹妹嗎？

冰瑩教授：

自從在報上看到你要來菲講學的消息，我和同學是多麼狂喜呵！以爲可以看到你了，我們有許多問題，可以向你請教；後來聽說你住在聖公會，晚上要上課，白天又要應酬，你很忙，我不敢去打擾，所以只好寫這封信，表示我對你的歡迎和崇敬；現在我有兩個問題向你請教，請你抽出幾分鐘寶貴的時間回答我：

一、你是謝冰心的妹妹嗎？

二、冰心現在什麼地方？她的文章風格和你的風格，有什麼不同？她有多大年紀？

祝你

快樂

你的讀者英英上

五六、三、五

英英小姐：

來信收到了，謝謝！

許多人都以爲我與冰心是姊妹，還有少數不知道我的性別的——例如我到這裏的第五天，就收到中正中學讀書的里沙小姐來信，她們同學之中，有人說我是男人的，所以她要求我送給她一張照片，以便給她們看看我的眞面目。這是一個非常有趣的問題，現在我簡答如下：

一、冰心是福建福州人，她畢業於北平的燕京大學，後留學美國，文章寫得很好；我是湖南新化人，畢業於國立北平師大，留學日本。我們直到民國三十四年的春天，才在四川的成都會面，一時傳爲文壇佳話，因爲很多人都以爲我們是親姊妹；而我們並不認識呵。

二、冰心的文章風格，本是趨向浪漫主義的，她很熱情，描寫母愛的偉大，和海的雄壯與美麗，曾獲得許多讀者的愛好。國文課本上，選過她的「寄小讀者」，「蓮花」等等；可惜自從共黨竊據大陸之後，她被關在鐵幕，失去了行動和寫作的自由；目前據說她在北平主持一個幼稚園，開會時，也奉命出來參加，她已經成爲共產黨的傀儡作家，眞實的年齡，我不大淸楚；據我推測，至少有六十多，也許快近七十了。

至於我的寫作風格，喜歡以社會的現實生活爲題材，描寫青年們的苦悶，和他們的善良，以及努力奮鬪，追求光明自由的故事。我的興趣是多方面的，喜歡小說，也愛小品文，報告文學，

祝你

進步

謝冰瑩上

五六、三、十八

你一共寫了多少本書？

謝教授：

從報紙上，知道你從事寫作有四十多年的歷史，請問你一共出版了多少本書？那幾本書是你最滿意的？最近出版的作品是什麼名字？

祝你

快樂

你忠實的讀者瑪利

五六、三、八

瑪利小姐：

我一共出版過四十多本，因爲我的記憶力太壞，還有別人爲我偷印出版的，我都記不得了。說起來眞慚愧，我沒有一本滿意；不過像「女兵自傳」、「在日本獄中」、「愛晚亭」……幾部，因爲描寫自己的感情比較能感動讀者。我最近出版的是「我怎樣寫作」，這是我一點淺薄的寫作經驗談。

祝你

進步

謝冰瑩上

五六、三、二十

後面有一個目錄，請參閱

慈航編者按：我們為應本刊讀者要求，特將謝冰瑩居士著作目錄分類介紹於後，以供參考。

（凡有卍者，可在臺北書局買到。）

一、散文集：㈠從軍日記，㈡麓山集，㈢我的學生生活，㈣軍中隨筆，㈤湖南的風，㈥抗戰文選集，㈦生日，㈧卍愛晚亭，㈨卍綠窗寄語，㈩卍故鄉，(十一)卍冰瑩創作選。二、短篇小說集：(十二)前路，(十三)血流，(十四)偉大的女性，(十五)梅子姑娘，(十六)姊姊，(十七)聖潔的靈魂，(十八)霧。三、中篇小說：(十九)在烽火中。(二十)空谷幽蘭。四、長篇小說：(二十一)青年王國材，(二十二)紅豆，(二十三)卍碧瑤之戀。五、傳記：(二十四)一個女兵的自傳，(二十五)GIRL REBEL（美國版），(二十六)A CHINESE AMAZON（英國版），(二十七)一個女兵的奮鬪，(二十八)女兵十年，(二十九)一個女性的自白(女兵自傳日譯本)，(三十)卍我的少年時代。六、書信集：(三十一)青年書信，(三十二)寫給青年作家的信。七、報告文學：(三十三)在火線上，(三十四)戰士的手，(三十五)第五戰區巡禮，(三十六)新從軍日記，(三十七)在日本獄中。八、遊記：(三十八)冰瑩遊記，(三十九)卍菲島記遊，(四十)馬來亞遊記，(四十一)海天漫遊。九、兒童文學：(四十二)卍愛的故事，(四十三)卍動物的故事，(四十四)卍太子歷險記。(四十五)卍我的少年時代。十、論文集：(四十六)卍我怎樣寫作。(四十七)卍作家印象記，(四十八)韓文女兵自傳。

當兵好不好？

謝教授：

您好，我很冒昧地打擾您，請見諒！我是今年初中應屆畢業生，我什麼都不行，只有文科勉強還可以，我是否可以跟您談談寫作？

我很喜歡班門弄斧，却寫不出所以。我認爲，我們任何一個「作家」，都曾犯了「偸句」的毛病。我們書報看多了，無形中把其中的好文句，都背起來，當要用時，就會依樣畫葫蘆，怎樣跳也跳不出如來佛掌，悲哉！包括我在內，還有，雖不「偸」句子，却偸了文意。現在的文藝創作，都是千篇一律，不是偸他的，便是偸她的。例如，有一篇以孤女爲主角，也有不少作家以孤女爲主角；只是文句改變而已，您說是麼？現在我寄上我在校刊發表的拙作，您看看，是多麼膚淺的文章，連作夢也不曾想過，不經大腦想到的，居然也發表了，眞不好意思。「復活」及「鄉愁」，我根本沒打草稿，就以我的意思寫下，居然都發表了；不過我劃藍線的，都是「一字」不漏地「偸」的，畫紅線的，只偸了一點；至於莫作弊，是我們班上有位同學作弊，而隨筆亂畫的。天啊！這篇內容，却不知是「偸」那一位的。

現在再談別的，您認為我讀軍校——政工幹校，是否有前途？父母都不答應。我的意思是要讀軍校，可是我們此地是鄉村，認為女孩子上軍校太不成體統，我雖然頂了他們：「政府規定女孩子要當兵……」，他們却一笑置之，眞是氣死我了！當我被父母澆冷水時，我好傷心；不過，我一定要想法說服他們，爭取最後的勝利，我如此做對嗎？我讀軍校是否有前途？請您告訴我。現在我寄您兩張照片，您也得送我呵！

敬請

敎安

生葉瑞金敬上

五八、二、十

再者：您是個大好人，我是喜歡年紀大的婆婆，我就可以撒嬌了，您說是嗎？

瑞金同學：

謝謝你的來信和相片。

我是先看相片，後讀信的。我猜想你是個聰明，活潑而又帶幾分調皮的可愛女孩，看完信，果然像我想的一樣。

你問我兩個問題，一是有關寫作的；二是有關婦女從軍的，現在分別簡答如下：

一、我不同意你的說法，以為作家都是模仿的。在初學寫作的階段，免不了有模仿的行為，等到他自己有了新的材料，新的印象，新的見解的時候，他非但不屑於模仿人家；而且他要獨創一格了。

不錯，看多了別人的作品，是會無形中受到影響的；正如有些人看翻譯小說看多了，寫起文章來時，不知不覺也會寫起五、六十個字一句的文章來；儘管如此，究竟還是少數。

你很坦白，還把抄別人的句子，用紅筆和藍筆勾出來，希望你以後如有必要時，可以引人家的話，千萬不要模仿，更不要抄襲。

二、關於女人從軍，我是百分之百贊成的。因爲救國不分男女老幼，女子學了軍事之後，至少她的身體會鍛鍊得很結實；而且受得苦，耐得勞，在人生的經驗上，她得到的太多，太寶貴了！至於令尊令堂不贊成，將來你可以慢慢地用好言婉勸，不可硬來。回想當年我從軍的時候，也曾遭受許多人反對；但我不顧一切地去了，結果很好，後來我受過很多次打擊，都沒有倒下來，這是在軍中磨鍊出來的成績。

你是個活潑可愛的小女孩，在做學問方面，我希望你沉着，埋頭苦讀，虛心學習，將來一定大有希望的。你信中的錯字，我已經爲你改正先寄給你。

祝你

進步

謝冰瑩上

五八、三、十五

當兵和做老師，那一行貢獻大？

冰瑩教授：

恕我不會說客氣話，就此開門見山地，請您替我解答一個幼稚的問題。我有一個同學，常常跟我辯論各種問題；今天，他又提出「當兵比做老師更有價值」的論題來，使我不知如何反駁才好。謝教授，您現在正是自由祖國最高學府的老師，當初您也是馳騁沙場的巾幗英雄。您在這兩方面，均有極豐富的經驗和成就。現在我請問您：究竟當兵對國家社會的貢獻大呢？還是做老師的貢獻比較大？

謝教授，請抽出您寶貴的時間替我解釋吧。

祝您

安好

您的讀者瑜眞敬上

五三、十一、三十

瑜貞小姐：

你的問題，非常有趣。

當兵，是犧牲生命，保衞國土，自然對國家的貢獻很大；然而老師是作育人才，他們辛辛苦苦，數十年如一日，站在課堂上口講指畫，一直教到『鞠躬盡瘁，死而後已』，這種精神，也和將士守土，爲國犧牲，一樣地偉大！

因此，我的結論是：當兵，做老師，對於國家的貢獻同樣重大！他們一文一武，兩者都是國家不可缺少的人才。

祝

好

謝冰瑩上

五三、十二、廿五

我們應該信仰什麼宗教？

冰瑩教授：

我是您國外的一個忠實讀者，在您百忙之中，我本不該來打擾您；可是，我有兩個問題想請教您，請您在繁忙中，抽出幾分鐘的時間來替我解答，感謝不盡。

一、我們人生在世，爲什麼要信教？應該信什麼宗教才好。

二、怎樣才能把身體鍛鍊好？應該注意什麼條件？

敬請

教安

讀者陳並漢敬上

五四、八、卅

並漢同學：

一、人們信仰宗教的原因，是爲了精神有所寄託。宗教等于人生的指南，有了信仰以後，不致于迷路或走錯了方向；至于信仰什麼宗教好，那是各人的自由。世界上所有宗教都應該是好的。你儘可依據你的環境與興趣而選擇，我不能因爲我是佛教徒，就拼命拉你，要你自己決定你的信仰，因爲人人都有信仰宗教的自由。

二、鍛鍊身體應該每天規定時間運動，起居飲食都有定時、定量。這個問題，請你多向你們的體育老師請教好嗎？

祝你

健康

謝冰瑩上

五四、九、廿三

没有宗教信仰，可以升天堂嗎？

冰瑩先生：

學生爲旅非僑生，更是「慈航」的熱心讀者。久仰先生大名，爲了不妨礙您寶貴的時間，客氣話不多講了。學生有兩個問題，想請您抽暇賜予指導。

一、如果一個人並沒有皈依佛教，也沒有其他任何宗教信仰；但他爲人正直，不欺不詐，任勞任怨地熱心爲衆人服務，請問像這樣的君子，死後是否能升天堂？得永生？

二、一個在學的學生，他有銳敏的思想，雄辯的口才，更有豐富的課外常識；但他的學科成績，却常「滿江紅」，以致惹得他的父親「怒髮衝冠」，這是什麼原因呢？

順請

敎安

旅非讀者施銀敏敬上

五四、九、十五

銀敏同學：

你的兩個問題非常有趣。

一、依我看來，像你說的那樣的好人，死後一定可以入極樂世界。佛家說：「人人可以成佛」；又說：「一人學佛，鷄犬升天」。只要心地善良，我相信人間天上，都是受人歡迎的。

二、這位學生一定不大用功，不喜歡教室裏的課程，高興自由閱讀；如果在美國，可以進天才學校；可是中國的教育制度，還沒有達到那個階段；同時在中學時代，應該各科平均發展，不應該偏好。他既有「滿江紅」，自然他的父親要「怒髮衝冠」了。

祝你

進步

謝冰瑩上

五四、九、廿一

自殺？出家？

謝老師：

我是中華文藝函授學校第五屆小說班畢業的學生，那時老師兼任這函校小說班的班主任。四十五年的春天，我剛從軍中退伍下來，在法商學院，找到了一個可憐的小差使，我便在這艱苦的環境中，日夜自修，希望得到深造的機會，曾給老師寫了一封信，請求給我幫助，當時感謝您給我回信以及寶貴的指示和鼓勵，使我至今不忘。之後，我大學沒考上，到臺東一家小報社裏擔任校對，老師曾鼓勵我：「眞正的學問，是靠自己努力得來的。」

幾年來，我一直記住您這一句話的指示，作爲我求知的座右銘。現在我覺得，祇要自己不斷的進修，有沒有機會讀大學，並不是一件重要的事了。三年前，我考取了國校教員檢定，已在宜蘭市附近的鄉村裏，做了三年的小學教員。

最近半年來，我正在寫一部十萬字左右的長篇小說，故事的主題，描寫一個大兵的愛情故事。這大兵受過一年的大學教育，熱情而年輕。對於他的第一個戀人，有着維特般狂熱的感情。他發誓：愛她如同天體的運行一樣，永不變心；但由於他自己知道是個每月祇拿三十塊錢的大兵，他不能爲他的愛人帶來幸福，所以他在極矛盾、極複雜的心理狀態下，常說並不希望得到他愛人等量的愛，而願意犧牲自己的感情，讓他的愛人得到幸福的家庭生活；同時，他在這個時候，也常祈求菩薩給他幫助，希望出現奇蹟，讓他佔有所愛的人；但是他終於失敗了，而且愛人竟被他的朋友奪走了！他在失戀中病倒，並且希望和他的朋友和好，也遭受了拒絕；最後，男主角的那位朋友，雖然在女主角矛盾的心情下，捉住了她的愛；可是他反而懷疑女的對他的愛情不專，竟在訂婚之日，由口角而發生了不幸的糾紛，這事爲失戀的大兵知道了，他要貫徹對他愛人不自私的愛，覺得自己的存在，必然會使愛人遭受到永無止境的不幸，所以他自殺了。

這故事，大部份的內容，是我自身的經歷，大兵心理的描寫，也是我當時心情的寫照。我寫此書，受「少年維特的煩惱」影響頗深，所以整個故事裏，充滿着熱情、悲傷的氣氛。現在，我對於這故事最後的安排，不知就拿男主角的自殺做收場好呢？還是在他自殺之後，將他救活，讓他出家做和尚好呢？因爲，雖然他的自殺是爲了愛人的幸福；但我顧慮在這個時代裏，以自殺結束小說的故事，恐怕遭受到批評，或者不易得到同情；再不然，令他不自殺就去做和尚（因爲事件發生時，男主角已經退伍了）。究竟怎樣安排較好呢？請老師給我指示好嗎？我期待着。專此

恭請

福安

生孫德彪敬上

五三、十、廿五

德彪先生：

你的長篇小說，一定寫得很好，因爲故事本身太令人感動了！也許你知道，我是不贊成主角自殺的，老實說，少年維特的自殺，在當時，給了許多失戀者一個暗示，所以有不少青年爲情而死。

也許是我的思想如此，我總覺得人生在世，應該多爲國家社會，多爲人類做點事情，所謂有一分熱，發一分光。我常說：人有許多比戀愛更重要的工作要做，受到一次二次甚至好幾次失戀打擊，都算不了什麼，最要緊的，是認清自己的責任和目標。戀愛不過是生活的一部份，而不是生活的全部。我勸你多讀幾次施篤姆做的「茵夢湖」，男主角來印哈太偉大了，他愛女主角伊莉莎白；但他並不想佔有，當伊莉莎白和他的同學伊里克——一個不懂愛情的老實人——結婚之後，他還是那麼愛她，尊敬她，懷念她。他雖然很傷心；然而並沒有起過自殺的念頭，因此我很佩服他。我相信假使你讀過這篇小說之後，也許對於你理想中的主角，另有安排也說不定。

最後，我是不贊成以自殺來結束男主角的；至於出家與否，那倒隨你的意思去安排；或者寫他因相思而病重住院，出院後，由于朋友的介紹，住在某座廟裏，因受宗教的薰陶，改變了人生觀亦可。

你是個感情豐富的人，我相信，這部小說一定寫得很纏綿深刻，我謹在此預祝你成功

謝冰瑩謹覆

五三、十二、十一

怎樣出家？

冰瑩教授：

在慈航雜誌裏面，拜讀您的傑作，使我萬分高興！我一向拜佛；但是只懂得敬奉觀世音菩薩。從小我就有一個志願，希望將來能有機緣出家；終於發現慈航有青年信箱，好極了！現在我想請教您三個問題：

一、有意出家，首先怎樣進行？

二、臺灣靜修院，是比丘或是比丘尼主持？

三、菲律賓隱秀寺，是進香的廟堂，還是出家人修行的地方？

以上三個問題，不知道您肯抽出寶貴時間賜答否？勞神之處，感激不盡！

敬祝

健康

檳城讀者釋航謹上

五三、八、三十一

釋航先生：

讀了你八月三十一日來信，本想早日答覆，因爲近兩月來，爲了出書忙，所以遲至今日，非常抱歉！

一、我對於怎樣出家這一個問題，還得請教自立法師；但我覺得信仰佛教，不一定出家，在家也一樣地可以研究、修行，不知尊意以爲如何？

二、靜修院是比丘尼主持，現在的住持是玄光法師。本來這個小院不大出名，自從慈航老法師在秀峯山上創辦彌勒內院講學以後，聲譽日隆；如今更是香火旺盛，日甚一日；因爲慈老圓寂五年後開缸，肉身不壞，已成菩薩，這件喜事，轟動了中外，最近慈航紀念堂也落成了，不但臺灣遠近的信衆前來頂禮膜拜，就是外國人士來參拜觀光的也很多很多，這是促成靜修院和彌勒內院香火旺盛的主因。

三、隱秀寺是出家人修行的地方，有時也有信衆去進香，是清和姑在那裏主持，特地禮請從臺灣應聘執教於普賢中學的自立法師去當導師，並主持慈航雜誌編務，那可以說是一個用功靜修和宣揚佛化的理想道場。

最後，你住在檳城，關於出家的事，何不就近向竺摩法師他們請教呢？ 敬祝

近好

謝冰瑩謹覆

五三、十、三十

牛奶和牛油是素的嗎？

謝教授：

我是您的忠實讀者，您的名著（如「女兵自傳」、「我怎樣寫作」等）我已看了很多。從新出版的慈航上，我又拜讀了您的大作——小孩與老牛；您把那小孩與老牛相處得難分難捨的一段生死之情，描寫得淋漓盡致，曾好幾次我流着淚看完您這篇生動感人的故事。

牛辛苦了一輩子，一旦不能耕種時，最後的命運，總是逃不了那劊子手的一刀。細想起來，我們人類也實在太殘忍而忘恩負義了！

一談到牛，陡然使我想起曾與同學們辯論過的問題來，那就是：吃素的人可以飲牛乳嗎？還有牛油（Butter）可不可以吃呢？我問得太幼稚了，您不會笑我吧？

敬請

教安

讀者施秀瓊敬上

五三、十一、二十五

秀瓊小姐：

牛乳和牛油，都不是生物，可以吃的；因爲牛油是由牛乳中提煉出來的。

祝你

快樂

謝冰瑩上

五三、十二、二十

怎樣改變我的人生觀？

冰瑩先生：

久仰先生大名，又拜讀到先生在慈航雜誌中替讀者們解答的各種問題，眞是好極了，既淸楚又明瞭，使我得到許多從前沒有的知識，對於先生，更是佩服得五體投地。現在，我也有兩個問題，要請敎先生：

一、我的童年早已過去，自從有了思想力和判斷力以來，我總覺得人生是痛苦的，而使我常常處於悲觀失望中，所以，我變得非常頹唐、消極；但是，我也深知，頹唐足以損害人的生命活力，消極也徒然斷喪人的光明前途，在這利害關頭，我應該怎樣改變我的人生觀呢？

二、對於文藝的愛好，是我自幼養成的；可是，當我學筆寫文章時，我總不知要從何寫起，於是勉強地擠出兩三句，也是不三不四的。現在，請問先生，要怎樣才能提高我的寫作能力呢？能寫好文章的人，都是具有天才嗎？

謝先生，我知道您是很忙的；但願您抽出寶貴的時間，替我解答這兩個問題，以解愚困。在這裏，讓我先謝謝您；如有寫錯的地方，請先生改正，並多多指敎。

敬請

敎安

學生施子云敬上

五四、二、廿八

子云同學：

來信拜讀，謝謝。謬承過獎，愧不敢當！

一、我是有青年生活經驗的，因此我很瞭解青年人的心理，那些有消極、悲觀思想的人，多半由於家庭環境不大好；或者受過失戀、失業、失學的打擊，才有這種「我總覺得人生是痛苦的」感覺。子云同學，你是受過什麼刺激？可以告訴我嗎？

至於要怎樣改變悲觀的人生觀成為樂觀、達觀的人生觀，這絕對不是幾句話可以答覆得了的，我現在須要了解你悲觀的原因，才能替你分析，和你討論；正如一個病人，他須要把病的起因、現狀，曾經看過那些醫生？吃過什麼藥？詳詳細細地告訴醫生，醫生才能處方，對症下藥；如果你只說：「我不舒服，我很痛苦。」那麼醫生如何處方呢？

不過，要改變人生觀也很容易的：首先，多看積極的書——例如許多世界名人傳記，看他們是怎樣克服困難，由悲觀變為樂觀，由消極變為積極的；其次，多結交幾個努力上進的朋友，他們會影響你、安慰你、鼓勵你朝向光明之途邁進；自然，更重要的，還是把你的痛苦，忠實地告訴老師，請他們就近指導你；假使有什麼困難，也可以坦白地告訴他們，我相信他們一定會幫助你的。

二、大科學家愛迪生曾說過：「人類百分之一靠靈感，百分之九十九靠忍耐和努力！」這是一句多麼有力的哲言，現在我拿愛迪生的話來答覆你。文章寫得好的人，並不是個個都是天才；至少我自己就是一個例子。我自信沒有一點天才，我很愚笨，有時候處理一件什麼事情，我缺乏機警、聰明，我的腦子很遲緩，常常有事後懊悔的現象；但我因爲經常塡方格的緣故，所以才出版了四十多部小書；不過，一直到今天，我還沒有把文章寫好，還在不斷地習作，不斷地努力之中。我想你的文章不能暢所欲言，大概因爲你沒有很多的寫作材料；同時除了上作文課繳卷之外，沒有常常練習寫，自然不會有進步。現在想要提高你的寫作能力，唯有多讀世界名著；寫讀書心得；規定時間練習作文；請老師指導；和同學互相研究、觀摩，這都是使你寫作進步的條件。

子云同學：青年是人生最寶貴的階段，你要好好努力，打下做學問的基礎；千萬不要無病呻吟，不滿現實，說什麼人生痛苦，沒有意義，要有地藏菩薩「我不入地獄，誰入地獄？」的犧牲精神。只要你能忍耐、努力，我相信什麼惡劣的環境也能克服的。

祝福你

前途光明

謝冰瑩謹覆

五四、三、二十

我願獻身於佛教文學

冰瑩教授：

我是個在屏東縣潮州國校就讀六年級的學生。我很久便知道您的大名，也拜讀過您的大作，常請爸爸買給我看；可是爸爸都沒機會買，只好託在福嚴精舍的大哥寄回來，大哥常向我說：「要使作文能進步，最好多看作家的大作。」又說：「謝冰瑩教授著的書，實在太好看了，她的作文眞棒。」

謝老師，我眞想得到您現在的一張相片，您能給我嗎？

您是位皈依慈航菩薩的慈悲大德的作家，我是七八年前才吃長素的佛門小弟子；所以，我很喜歡永遠做您的學生，將來有機會親近您，希望像您一樣，爲佛教文學而努力。

您如果寄相片給我，我會把她放在書架上，天天瞻仰，以鼓勵我的寫作。我希望將來能進佛教大學，專學國文，並對寫作再下工夫，將來能像老師一樣，爲未來的小朋友，多寫佛教有趣的故事；可惜，我現在沒有寫作的朋友，只有爸爸訂的幾本佛教雜誌，所以我很冒昧寫信給您，我知道您雖然忙，終有一天會鼓勵我的。

敬請

敎安

敬愛您的小朋友瑩英敬上

五五、二、三

瑩英小朋友：

你一定想像不到我收到你的信，是多麼的高興！你在小小的年紀就發心吃素，發心獻身於佛敎文學，實在太令我欽佩了！

本來你這封信上，沒有提出問題，只是向我要照片，我可以不在這裏答覆，只要把相片寄給你就行了；但非常抱歉，你的信封不知丟到那裏去了，遍尋不着，只好在這裏登出你的信來，請你看到之後，馬上來信。

你的信，寫得很好；尤其最後兩句，使我看了又感動，又難過！你一定在迫切地期待我的回信，而我竟拖到今天，實在太對不住了；不過你只要想想我的忙，和遺失了信封的苦衷，我相信一定會原諒我的。

在佛敎裏面，我們需要多方面的人才，特別是青少年，我們要想法盡量培植，多辦學校，你說的佛敎大學，一定會實現的，那時可能我們在一塊兒共同研究。

祝你

努力

謝冰瑩謹覆

五五、四、廿九

中醫與佛教信仰問題

謝老師：

您好。今天下午從敎室回到寢室，收到一包郵件，正狐疑着，那裏來的這包東西？打開一看，原來是您寄給我的「慈航」，眞謝謝您啊！

說來您也許不敢相信，當別的大、中、小學生都放假的時候，我們還在這裏跟大太陽苦撐苦鬪。下星期起開始期終考；而且我們這學期要考的科目太多了，不下十七八種，所以現在每天都緊張的不得了，神經弦都要拉斷了。

自從上次您來敝校演講以後，我就想寫信給您——我內心裏面塞滿了問題，想請敎於您；可是一方面不知道您的通訊住址，一方面實在是功課忙得昏了頭，抽不出時間寫信。您大概也知道寫信有時也賴心情的悠閒與否。現在剛好考完了「耳鼻喉科」，還有時間，心情也鬆弛了許多，又因爲接到「慈航」，一時高興，就寫了這封信。

對於佛敎，我實在是門外漢。直覺上，總覺得佛敎敎義很深奧，佛經更非閒俗之輩，所能窺其堂奧者；不過如果讓我在基督敎與佛敎之間做一選擇的話，我寧信後者。羅素對於基督敎的批評，甚合我意。有不少作家——毛姆是其中一個，對它也曾刻薄地諷刺過。話說回來，教堂裏靜謐、祥和的氣氛，確有撫慰心靈的功效。有時候，我也進教堂，不是爲了懺悔或聽經，而是爲了淨化心靈。每從教堂出來，就有一種新生的喜悅。

我想說一個眞實的故事：六月的一個禮拜天，我們幾個同學到十八羅漢洞（南港）去玩。那邊有一座廟宇，由一位法師主持。一位尼姑生病，肚子痛，待我發現時，她告訴我月經痛……我遂決定送她到臺北小南門，三軍總醫院的民衆服務診療所（病人的妹妹也在那裏）；可是那位法師似乎不贊成病人到醫院「檢查」，因爲出家人不願「暴露」身體。這種態度實在叫人不高興。我是醫學院的學生，當然不欣賞她，而且她本來的意思，是要服中藥治病，求中醫按脈……更不是現代醫學所能容忍的。後來她還是讓我說服了。所以不知道什麼原因，我對佛教就失去了信心。我希望這只是短期內的現象，也希望您能給我解釋這疑團。

我們都很想念您，本來還有許多問題想請教您，因爲考試，只好等以後有空再向你請教。

敬祝

健康

學生明錦敬上

五八、八、廿一

明錦先生：

謝謝你的來信，拜讀之後，我覺得有兩點要和你研究：

第一，你說那位尼姑「本來的意思是要服中藥治病，求中醫按脈……更不是現代醫學所能容忍的。」

我以爲你對於中醫的看法，未免成見太深了，現在有很多病，西醫不能解決，中醫却能治好的。師大有位黃天憐教授，他原來畢業於日本東京帝大醫科，學的是西醫；但他現在改爲研究中醫，而且經常到深山去採集藥材，許多在西醫那裏治不好的病人，都來找他，結果都治好了。我是不反對中醫的，我認爲只要醫術好，不論中醫西醫，都是病患者的救命恩人。我常常生病，中藥西藥都吃，希望你不要有成見，把眼光放遠一點，度量放大一點，進一步可以研究中藥，假如你對兩者都有很深的造詣，那麼將來嘉惠於人類的更大了！

這只是我的一點淺見，不知尊意以爲如何？

第二，「不知道什麼原因，我對佛敎就失去了信心。」

我相信你是因爲那位尼姑不肯住醫院，要去看中醫，所以很失望；連帶對佛敎也失去信心；（這只是我的胡猜而已，請原諒！）但她最後還是讓你說服了。其實，中國的婦女，一直到今天，還有許多很保守，婦科的病，她總是不願找男大夫看，假使她是少女，連女大夫也不願讓她檢查身體，的確，這是不對的；可是你不能强迫她，需要慢慢開導她，使她了解健康的重要，了解封建觀念是應該打破的。

至於佛教教義的深奧，我也有同感；不過你只要看了慈航法師的全部著作，你會恍然大悟，一點也不難懂。你說：「如果讓我在基督教與佛教之間做一選擇的話，我寧信後者。」我非常高興，因爲你將來一定會成爲我們的教友；你喜歡教堂裏的靜謐，一定更愛寺廟裏的靜穆、莊嚴，那釋迦和觀世音菩薩的慈祥笑容，會使你的靈魂得到無上的安慰和鼓勵。我希望你有空時，可以到十普寺、善導寺、松山寺或者是慧日講堂聽聽經，我相信也會「淨化你的心靈」，使你得到「一種新生的喜悅。」

你的功課一定很忙，希望你看了我這封直率的信後，能够很坦白地說出你的高見，那怕只有簡單的幾句話也是好的。

祝你

愉快

謝冰瑩上

五八、九、十五

「樂觀」和「悲觀」

冰瑩教授尊鑒：

您的來書已收到了，敝學院同學閱後欣喜若狂，謝謝您！

冰瑩教授，我心中有個疑問，想請教您：如何知道某人是悲觀者、樂觀者？樂觀與悲觀者的內心，是否經常喜悅或愁悶呢？

上面這個小小問題，請您撥點時間，把尊見賜知，後學無任感激！

敬請

法安

後學修慧敬上

五六、六、十

修慧居士：

六月十日來信收到，謝謝。

一個人要想知道某人的人生觀是樂觀、達觀或者悲觀，可以從他的表情、言語以及行動上看出來。你說得不錯，樂觀的人，他的內心充滿了快樂和希望；悲觀的人，恰好相反，他的內心充滿了苦悶、煩惱、失望。對人生他沒有希望，社會上的一切他都看成灰色的；黑暗的陰影，老是跟隨着他；他的心胸永遠是憂鬱的，沉重的，臉上也難得看到他的笑容。往往受到一個小小的打擊，他就灰心洩氣，沒有活下去的勇氣；而樂觀的人，他是進取的、向上的；對前途，充滿了自信和光明的希望，無論受到任何挫折，他絕不灰心，只是努力奮鬭，再接再厲。

朋友，我相信你是樂觀的。

祝你

前程無量

謝冰瑩謹覆

五六、七、十二

青年應該隱居嗎？

冰瑩教授：

承您寄來的「冰瑩遊記」，在前天已收到了；又把四元退回來，眞太客氣了。

半年來，許多朋友到我的小書房裏，他們都給您的作品吸引得萬分崇拜，因此我住在這箇陋的鄉間裏，得到許多學友們來聊天，結筆硯之友，倒也不感覺坐在寒窗下的寂寞了。

讀了「女兵自傳」後，使我們了解了一個人應該擇善固執，來奮勇向上；並啓示了人必須以「有一分熱發一分光，來面對現實」；不陷入懦弱、消極。這種人生觀，眞是再偉大也沒有了；尤其我等青年人，必須步您的後塵去學習，到現在我學得一些什麼呢？自己這樣一問，這麼一想，眞不免要叫人笑掉大牙了。

求學，無異是您旅行中所說峯巒一般，不知要跋涉過多少崎嶇山路、危險天塹，才能登上山路，放開眼界，欣賞大自然；然而沒有樂山樂水興趣的人，那能領略山水的美，及清淡自如的滋味呢？

住在山城，沒有城市那五光十色誘人的燈火；更沒有車聲的噪音。在寧靜山居生活中，我最喜歡拿着書本，捧着有意義的小說來欣賞，這種飄逸的生涯，實在使我太高興了。

由此，我也體會到山居的樂趣和山居的安適，您會笑我的思想太原始嗎？不，我應該仿效着您那「五岳尋山不辭遠」的精神才對呢。

最後，請時賜指敎。

敬請

敎安

後學景祥上

五六、九、三十

景祥先生：

你九月三十日的來信，我收到很久了，今天我沒有課，從早晨八點開始回信，到現在已經三點了，我已還淸了十四封信債，現在輪到你的了。

我首先要向你祝賀，你的文字很流利，可見只要多寫，的確大有進步的。我很羨慕你的山居生活；但我不希望你對於這種生活過於滿意，甚至陶醉，因爲你是個負有創造時代使命的青年，你的責任很重；假若像你這樣的年紀，可以退休，也可以住到深山古廟中去修心養性了，是不合時代要求的；因爲我的精力已大半耗盡，雖然對於國家，沒有什麼幫助；但我已盡了一個國民應盡的責任，一年到頭，不是在黑板上寫白字，便是在白紙上寫黑字；可惜我的能力太差，學問淺薄；否則，四十年來的工作，應該有點成就的，如今回顧前塵，只有無限感慨而已！

上面說了些牢騷話，希望你原諒！

關於佛學方面的書，我不知你曾看過否？在山居寧靜的生活中，希望你多看一點；並希望你多多學習投稿；同時準備功課升學，因爲「有志者事竟成」，只要你立志，一定會達到目的的。

祝你

進步

謝冰瑩上

五六、十一、十

我的苦悶

謝先生：

我自認像路旁一株脆弱的小草，頹喪不振；又像長空一顆淒寒的星星，孤寂徬徨。其實，我父母很疼愛我，重視我，並沒有如我想像中那麼楚楚可憐的命運；可是我爲什麼那麼不自信，不重視自己呢？我常常在怨天尤人，常常在羨慕別人的一切，而抱怨自己的一切，這種態度只惹來無限深長的悵惘、愁慮和哀怨，到底這是因爲慾望太高呢？還是貪心不足？或者器量太小？庸人自擾呢？我實在太迷茫、苦惱。素仰先生大名，請先生發抒高見，開我茅塞。謝謝！

敬祝

健康

學生晴雲叩上

五五、五、四

晴雲同學：

看了你短短的來信，知道你的苦悶是很多的，你爲什麼失去了自信力？總有一個原因，你羨慕別人，抱怨自己，這是一種自卑的思想在作祟。我以爲你自己已經找到了答案，可能有好幾種因素，你都具備了，例如你說的「慾望太高」，「貪心不足」，「器量太小」，「庸人自擾」。所謂解鈴還是繫鈴人，你要想徹底解除煩悶，那麼你首先就要自己堅强起來，重視自己，愛惜自己，不可自暴自棄，要像你愛惜一株自己種下的菓樹苗一般，總要常去灌溉、拔草、施肥，然後才能希望它成長、開花、結果。固然，我們不能自視太高，以爲自己是超人，是天才，一切與衆不同；但也不能把自己視爲碌碌無能的庸人，甚至於輕視自己是廢物，一無可取。以上兩種觀念，都是錯誤的！我們不可驕傲，也不可自卑，我們應該有自知之明，如果不是先知先覺，就應該是後知後覺，（絕對不是不知不覺！）我們有多少智慧，就讀多少書；有多少能力，就去做多少事。不要好高騖遠，不要貪得無饜，老老實實，脚踏實地做去，一定有好結果的。

我常常覺得一個人之所以有煩悶，一定因爲他的人生觀是灰色的，悲觀的；假如他是樂觀、達觀的人，一切看得開，還那裏有煩悶？

晴雲同學，我希望你把你眞正煩悶的原因告訴我，讓我好仔細地替你分析一下，然後對症下藥，告訴你驅除煩悶的方法，你的胸懷要開朗，像萬里「晴空」，飄着悠悠「白雲」那麼舒卷自如，來去自在，那時你就只有快樂，不會再有煩惱了！

祝你

達觀

謝冰瑩上

五五、六、二

怎樣才能長壽？

謝教授：

請原諒我的冒昧，下面我所提出的問題，也許有些嫌問得不倫不類，但我總希望您能給我圓滿的答覆。

本學期我們這兒來了一位善於幽默的同學，不到幾天，他就跟全班同學混熟了。當開學的第二天，他開玩笑地對我說：「老兄，你眞有福氣，將來至少也能活到七老八十歲，……」我當時被他這一恭維，眞弄得『丈二金剛——摸不着頭腦』。我問他爲什麼？他說：「啊！你不要『狗頭上長角——裝羊（佯）啦！』你的大名不是叫『長壽』嗎！……」在他打了一連串哈哈以後，又正經地問起我怎樣才能獲得長壽的大道理，這倒叫我無以回答了。

謝教授，當初我的父母爲什麼要替我取這個「長壽」的名字，說實在的，連我自己也搞不清楚。現在我只有請求您告訴我：怎樣才能獲得長壽呢？　敬請

福安

學生長壽拜上

五五、八、廿

長壽同學：

讀了你二十日的來信，我笑了。不錯，你的問題的確超出了我解答的範圍；但既然你老遠從馬尼拉寄信來，我怎好繳白卷呢？總得回答幾句才對得起你。

令尊堂大人爲了希望你活到兩百歲，所以才替你取名長壽；至於長壽的方法很多，例如多運動，多吃蔬菜，不喝酒，不熬夜，飲食有定量，有定時，早睡早起；性情開朗、達觀、經常保持愉快進取的心情，這些都是長壽的方法。如果你想要知道長壽的詳細方法，我介紹你看一本「健康長壽」雜誌，上面都是一些與健康有關的理論和經驗之談。

一個人如果沒有健康的身體，就沒有高深的學問和圓滿的人生，偉大的事業，我還希望你將來能做到戒殺生，素食，對於長壽更有幫助。

我回答得太簡單了，還得請你原諒。

謝冰瑩上

五五、九、二

怎樣交友？

謝教授：

從前我曾給您寫過一封信，承蒙您熱心教導，使我萬分感激！有好多問題，在別人看來，也許覺得很簡單；可是在我幼稚的腦袋中，却老是搞不清楚。例如「怎樣交朋友？」就是我今天要來請敎您的一個很平常的問題。

大家都說：朋友是人生旅途上少不了的伴侶；但是「相識滿天下，知心有幾人」？在這茫茫的人海中，我們應怎樣才能結交到一個「知心」的朋友呢？

一般同學們皆喜歡交筆友，請問從雜誌徵友欄中交來的筆友，這種友誼靠得住嗎？

俗語說：「道不同不相爲謀」。如果彼此的信仰不同，是否可以建立永遠和諧的友誼？我們佛敎徒，可以跟其他的宗敎徒做朋友嗎？

我問得太嚕嗦，又打擾您了，謝謝。敬請

敎安

你忠實的讀者施秀枝上

五四、六、八

秀枝同學：

仔細拜讀你的來信，一共有三個問題：

一、要怎樣才能交到一個知心朋友？

二，從徵友欄中交的朋友可靠嗎？

三、宗教信仰不同可以做朋友嗎？

現在我來一一爲你做簡單的答覆：

一、人是合羣的動物，絕對不能離羣獨居，有些人交了許多朋友，到處都有熟人，一見面，就表示親熱的不得了，等到一旦發生什麼事情，這些所謂朋友也者，都離得遠遠地，彷彿根本不認識一般；自然，這些是酒肉朋友，交際場中的應酬朋友，那怕是交一百個一千個，都沒有用處的。我們所需要的，應該是那些肝膽相照，患難相關的朋友。李陵說：「人之相交，貴相知心」。我們不但應該了解朋友的身世、性情、思想、抱負；而且也應該把自己的身世、性格、思想、抱負告訴對方。等到彼此了解之後，就會很自然地成爲知己。兩人心中的快樂、憂愁、痛苦、煩悶，都可傾訴出來，讓對方爲你分擔；有什麼困難的事，彼此商量，協助，就可容易解決了。古人說：「二人同心，其利斷金，同心之言，其嗅如蘭。」可見知己力量的一斑。

至於要怎樣才能交到知心的朋友呢？一方面要看你自己待人如何？假如你是很誠懇，很忠實的，一定能交到誠懇忠實的朋友。在與人初交的時候，不要太熱情，應該很客氣，很有禮貌地對待他；同時冷靜地觀察他的言行，從其他的朋友那裏，打聽他的爲人如何，以做和他交往的參考。孔夫子曾經告訴我們，那些花言巧語的人，是最不可靠的；而那些說直話，對我們忠告的人，就是好朋友。他說損者三友，益者三友，友直、友諒、友多聞，這三種是益友；友善柔、友便僻、友便佞是損友。我們不要以爲整天在你面前恭維你的就是好朋友，你怎麼知道他在你背後不罵你呢？倒是那些當面批評你，背後說你好的人，是眞正的好朋友。

友誼的獲得，是很自然的，絲毫不能勉强。有時候，你很容易交到一個好朋友；也有時候，上了很多次當，認識很多人，也交不到一個知己，這就要看你的運氣和你待人處世的態度了。只要你平日待人誠懇、熱情、忠實、不說謊、不花言巧語，不想佔人家便宜，只管付出友情，不計較收入，那麼你自然可以交到好朋友的。

二、我從來沒有從徵友欄內交過朋友；但我有許多讀者，通了幾十年信，從來沒有見過面是常有的事。來臺灣後，也有許多只通信，沒見過面的朋友。有的寫了幾年信，後來又中斷了；有的一直保持聯繫。筆友之中，有可靠的，也有不可靠的，不能一概而論；也有因爲做筆友而結婚的；也有交筆友上大當的，在這個五花八門的社會裏，你要時時留心，不可太熱情，更不能與異性交友，在沒有十二分了解他之前，就一往情深，那就太危險了！

有人交筆友是爲集郵，集風景片，也有人討論學問的；不過太少了！爲了增廣見聞，擴大生活領域，我贊成交朋友；可是爲了愛惜時間，節省郵費，免掉惹來意外的煩惱，我是不贊成交筆友的。秀枝，我說這話，你該不笑我矛盾吧？其實你仔細研究一下我的話，聰明的你，就會明白了。

三、我總認爲宗教不比政治，信仰不同的人，仍然可以做朋友的。就拿我來說吧，我有信天主教的朋友，也有信基督教的朋友，大家彼此尊敬，誰也不說自己的宗教是好的，對方的宗教是迷信，是不好的；不過這要看各人的修養功夫和他的度量如何。有那種排他性很强的人，根本不能容納任何宗教，這是非常偏狹、淺薄的看法；要知道你毀謗別人，別人也同樣毀謗你，罵來罵去，有什麼意思呢？

我們的佛陀是偉大的，他能容忍，能犧牲，所以他能渡衆生出苦海，最後他能成佛，永生極樂。秀枝，假如你有不信佛教的朋友，只要她尊敬你的信仰，不反對，不批評，你仍然可以和她做朋友的。寫得太多了，就此打住。

即祝

進步

謝冰瑩敬覆

五四、六、廿三

怎樣才能把字寫好？

冰瑩老師：

好久沒有寫信給您了，俗語說：「無事不登三寶殿」，今天我寫這封信給您，當然還是來請你替我解決一個難題。

謝老師，我請問您：有什麼辦法，能把字寫得端正好看呢？對於寫字，不管是鋼筆字或毛筆字，我都寫不好。好多人看了我的字，都不免搖頭，大家總說不像是一個女孩子寫的字；似乎女孩子寫的字一定是很秀麗的；而我寫的字歪歪斜斜，又粗又大，實在使人看不順眼！說句眞話，我並不想做一個什麼書法家；但是，字也好像是人的外表一樣，太難看了，實在不能見人。爲了想把字寫好，我也曾照着字帖練習過；可是寫來寫去，仍不脫老粗的習性，這是不是如俗語所說的：「江山易改，本性難移」呢？有什麼辦法，才能把字寫好？毛筆字和鋼筆字，是不是同樣重要？謝老師！請抽出你寶貴的時間告訴我吧。敬請

教安

學生施秀瓊謹上

五六、三、四

秀瓊同學：

看了你的信，使我感到慚愧萬分！因爲我正是一個不會寫字的人。家兄曾罵過我：「你的字是全世界最奇醜的，又潦草，又不像字形，簡直是鬼畫符！」

當時有好幾位同學，乾脆叫我「鬼畫符」，不喊我的名字；還有兩次，我給父親寫信，聽說他老人家一打開就氣得發抖，根本不往下看，只把原信寄還我，叫我重抄一遍再寄給他。從此，凡是給他老人家的信，我總是規規矩矩一筆一劃地寫。

也許由於家父要求我的字寫好的希望太高，終於使他的失望也太深。我的字一直寫不好，起初還臨過什麼顏帖、柳帖、趙帖之類，後來索性自己寫「帖」了，根本不把這問題放在心裏；可是現在我後悔了，年輕時不把字寫好，到老來想要天天練，也沒有這份興趣和精力了，眞有「少壯不努力，老大徒傷悲」之感。

說了一大堆，還沒有答覆你的問題，眞是抱歉！

我看你的字一筆不苟，端端正正，而且蒼勁有力，比起我的字來，不知要好幾百倍了。我不知道你現在臨的什麼帖，你可找一本你最愛的字帖臨摹，每天規定什麼時候練，每次一定寫多少字？養成有恒的習慣，天天這麼寫，所謂「熟能生巧」，那麼你的字自然會寫得很好，將來成爲女書法家。

至於鋼筆字和毛筆字同樣重要；不過鋼筆字只要寫得清楚，美觀大方就行，最好多花點時間在毛筆字上面，因爲這是我國的藝術，也是「國粹」之一，我們不可不好好地保存它，發揚它。最後，我希望這封信的底稿，請乘如法師送給你留做紀念。祝你

成功

謝冰瑩謹覆

五六、三、二十

音樂對人生有什麼好處？

冰瑩教授：

人生在世，每個人都各有自己的興趣，生活才不致感到枯燥無味。我常想：假如人從早至晚一直死板板地工作，一點生活情趣也沒有，那和機械又有什麼不同呢？

我從小就喜歡音樂，音樂可算是我唯一的興趣；但除了自己有時唱唱歌，彈彈琴，和聽聽唱片以外，對音樂仍不得其門而入。現在我想請教您三個問題：

一、音樂對人生有什麼好處？

二、怎樣才可稱爲音樂家？

三、怎樣才會彈好鋼琴？

欣聞您的千金在美國已榮獲音樂碩士學位，您一定對她下過一番栽培的苦心，才有今天輝煌的成果。我除了向您祝福，特來麻煩您解答這些問題，必能愉快而迅速地給我答覆吧？　敬請

教安

學生李杏梅謹上

五六、八、三〇

杏梅小姐：

謝謝你的郵票和精美的小書簽；不過郵票以蓋了章的最好，所以我又寄還給你，請你以後再給我信時貼上，那就有章了，謝謝。

你的三個問題簡答如下：

一、音樂可以陶冶性情，使人感到安慰、向上、努力、奮鬥。一曲馬賽曲，多麼有力量；一個國家的强盛衰敗，可以由音樂水準之高低而定。

二、所謂音樂家，有的是長於理論，有的長於聲樂，有的長於器樂，有的長於作曲，有的長於作詞，凡是對音樂有很深造詣的人，都可以叫做音樂家。

三、彈好鋼琴沒有別的捷徑，只要整天彈，不斷地彈，才能有進步，還要記得住許多曲子。

小女已拿到碩士學位，現在俄亥俄州立大學教鋼琴，謝謝你的關懷。

我近日正在病中，恕不多寫。

即祝

愉快

謝冰瑩謹覆

五六、九、十四

說話與演講

謝教授：

每個人的個性都不一樣，有的人喜歡沉靜，很少講話，有的人性情活潑，喜歡講話；而我是屬於第二種典型的人。

謝教授，我請問您：

一、一個人是多話好呢？還是少講話好呢？

二、爲什麼有些人，平時三兩個朋友聚在一起，總是嘰哩呱啦講不完；一旦登上講臺，竟說不出話來，這是甚麼原因？

以上兩個問題，請您回答我。謝謝。

祝您

快樂

愚生蓮玲上

五六、八、廿五

蓮玲同學：

我因病，一直拖到今天才回你的信，眞對不起！

一、語言是人們用來表達感情，發揮思想的工具，古時候的人主張「沉默是金」，他們不喜歡講話，也不贊成別人多講話，所謂「言多必失」，就是這個意思；不過，應說的話，我們不可沉默，不應該說的話，儘可能盡量減少；而且說話是有技巧的，往往一個人在大庭廣衆之間，如果說錯了一句話，不但別人要恥笑你，說不定會給人家以很壞的印象，而影響你工作的前途。

我們應該知道在甚麼場合，甚麼人的面前，說甚麼話最適合；因爲語言可以表現一個人的性格、思想、學問和修養；假如不會說話的人，常常會得罪朋友，會說話的，明明是一句罵人的話，他會用幽默的語調說出來，使對方聽了啼笑皆非，拿你莫可如何，這是最會說話的例子。

我的意思，話還是說得「適可而止」的好，不要太多話，也不要太不說話，以免別人懷疑你是個太孤僻，不合羣的人。

二、至於有些人，平時喜歡說話；而一上臺就講不出來，這原因很簡單：第一、他沒有很好的內容；第二、他沒有經驗；不過經驗是練習出來的，多有幾次練習，膽量大了，口才也純熟了，那麼說起話來就如黃河長江，一瀉千里。我在小學時代，曾經因爲不會演講而想到要自殺，眞是愚蠢極了；幸虧老師告訴我練習講話的方法，我照樣實行，後來北伐時代，在一萬多羣衆面前，講演國民革命，也不害怕了。

最後，希望你好好練習，將來成爲一個演說家。

祝你

進步

謝冰瑩謹覆

五六、十一、十五

怎樣克服演講時的恐懼？

謝老師：

每期在「慈航」發表的佛經故事，我們都很愛看；甚至有許多同學看過後，在週會時還講給大家聽，很受聽衆的歡迎。這次本班輪到我上臺獻醜，本來我不善於講話，一時又找不到演講的材料，眞急得要命，後來還是你的大作——「棄老國」幫忙我過了這一關，我應該謝謝你！

你所寫的這些故事，充滿了忠孝、仁愛、信義、和平的美德，是我們練習說話最好的教材，不知你什麼時候才把這些故事印成專集？你能先告訴我們何時可以出版嗎？

謝老師！我還要請問你：當我每次走上講臺時，爲什麼內心總是感到害怕？每當我面對那數百對眼睛，好像觸到無數的電流，使我感到顫抖，不能把想要說的話，暢快地說出來，這是什麼原因呢？當你從前做學生的時代，曾否有過這種經驗？那些成名的演說家，是不是都具有演講的天才？怎樣才能把握住聽衆的心理？我東拉西扯，問得太嚕嗦了，請你指教。敬請

敎安

菲島讀者施文彬謹上

五七、二、廿八

文彬同學：

讀了你二月二十八日的來信，使我憶起了四十八年前的往事，那時我是個十二歲的女孩，在讀高小一年級，我被學校派為演講練習之一，講的題目是「小學生的責任」，文章是我自己作的，而且背得滾瓜爛熟；可是一到上臺，看見評判員和老師同學都睜着一對對大眼睛望着我，我不但全身發抖，連一句話也說不出來，結果我連忙下臺跑到樓上宿舍去，躲在被窩裏痛哭流涕，還用一條褲帶繫住頸子要自殺，這件事，我曾在女兵自傳中寫過，後來，國文老師告訴我：

第一、克服這種害怕的心理，首先把臺下的人看做是樹木、石頭，你彷彿自己一個人站在森林裏，或者海邊自言自語，那麼你自然不會害怕了。

第二、經常練習。記得我自己從那次受過打擊之後，就天天練習，像一個患神經病的人，常常自言自語；有天深夜爬起來，跑去校園，對着花木演講，這時我要把它們變成人了，同學看見，還以為我瘋了呢，眞是有趣極了。

第三、那些成名的演說家，並不是個個都有演說的天才，大半都是由於練習而成功的。我國的名小說家沈從文，第一次上課，就不會說話，看到學生連忙嚇得跑下臺了，還在黑板上寫了「我不會講，下課了！」幾個字，惹得學生們哄堂大笑。

至於把握聽衆的心理，要看你的講演內容，有沒有吸引力？語氣是否有快慢、高低、抑揚頓挫？大凡一般聽衆都喜歡聽輕鬆、有趣的講演，卽使是嚴肅的內容，也要用深入淺出的方式講出來，才能吸引他們，感動他們。

承你詢問佛教故事，乘如法師正在計劃出版專集，什麼時候出來，還不知道。

即祝

演講成功

謝冰瑩上

五七、四、二一

臺灣是文化沙漠嗎？

謝教授：您好！

平生第一次寫信與作家，眞不知從何下筆。現在我正閱您的大作「夢裏的微笑」，有關您解答一些年輕人的疑問，早欲提筆，老是鼓不起勇氣，今天總算寫成了。

那是在一次偶然的機會裏，閱讀了「女兵自傳」，竟至沉迷。雖然我無此遭遇，唯書中的主角，就好像是我一般，令我深受感動；尤其您堅强的毅力，躍然於「冰瑩遊記」、「在日本獄中」之上，閱了您的大作數本，對您不平凡的過去，甚爲激賞。

素有書蟲之稱的我，可說手不離書，有了它，生命永不空虛；加之又愛好名山大川之雄偉壯麗，我常用這兩句話勉勵自己：若不能「讀萬卷書，也要行萬里路」，但願我能兩者都達到目的；若能擁坐書城，其他萬物夫復何求？看到這裏，您大抵可知我的性格了。

有幾個問題想與您討論，拙筆不順，敬請原諒。

一、「臺灣是文化的沙漠地」，在我看來並非如此，書店林立，有讀不完的書籍，看不盡的報紙，何以有人如此形容？莫非作品價値不高或者另有所指？

二、「知足常樂」，我想對二十二歲的我來說並不適合。年輕人每擁有他「綺麗的美夢」，我也有。比如我希望有一電氣化的設備，非達到目的，我永不滿足。於是我會指向那遙遠的目標前進；假如我獲得了其中一項，那心中的愉快，眞是不可名狀；這時我又想再獲得更好的東西，我願我永遠不滿足現狀，因爲有了希望的明燈，指引我向光明的前途邁進。我相信保持現狀，就是思想落後的表現，您說我的想法對嗎？

三、年輕人常說：「我們是迷失的一代。」依我看來，他們並沒有目標，並且也沒有向一定的方向邁進，完全是坐井觀天的看法，不知您以爲然否？

我想您是沒有女秘書吧？我希望能獲得您親筆的回信，做爲永遠的留念，原諒我信中附了一張郵票。謝謝您。祝

精神愉快

陳仁田敬上

五八、八、十五

仁田先生：

來信拜收，謝謝！

我非但沒有秘書，連一個替我把這信送到郵筒去的人都沒有，一切要自己動手，所有函件，都是我親自覆，這件工作，已做了四十多年，越做越起勁；只是因爲身體多病，事情太忙，常常

遲覆，這先要請青年朋友們特別原諒的。

一、你的第一個問題，可以說是不成問題的。那個說臺灣是文化沙漠的人，他本身也許根本不了解什麼是文化？什麼是沙漠？老實說：「沙漠」兩字，如果加在大陸的文化上，倒是很恰當的。因爲大陸的作家，被共黨思想統制，沒有絲毫自由，每一篇文章，每一個劇本，每一首歌詞，假如不歌頌毛，不叫幾聲毛××萬歲，不要想發表或者出版；試想，在那種比秦始皇還專制的時代，那有文化可言？

誠如你所說，臺灣的出版界，一片蓬蓬勃勃的現象，有讀不完的書，看不盡的報紙；不過有時和朋友談起，覺得臺灣太過自由了，也有點不大好；你看黃色、灰色作品，有時也和好作品魚目混珠，使青年人難以分出好壞；還有些初中學生，因爲受了壞小說的影響，變得消極、頹廢，甚至想到要自殺，實在太危險了！

二、「知足常樂」，這是古人（特別在四書裏面說得多）勸告我們不要受物質虛榮的影響，應當樂道安貧，像顏回一樣，在陋巷，一簞食，一瓢飲，不改其樂。當然，現在時代不同了，人人都講享受，誰也不滿意現狀，天天想改良自己的生活；可是這麼一來，大家只爲自己打算，爲錢奔波，對於國家、民族生死存亡的大問題，就有漠不關心的現象，你想，這是應該的嗎？「知足常樂」，在物質方面來說是對的，也是消滅貪汚的最好方法；可是如果對學問而言，那就不行了！我們求學問，一定要有「學然後知不足」的精神，才肯不斷的努力，精益求精；因此那些越有學問的大學者，大作家，他們越虛心，越上進，最後，他們的造詣也越深，因此才留給後代這些豐富的文化遺產。

不錯，「保持現狀，就是思想落伍的表現」，這是指學問、事業而言，並不是指電器化的設備而言。固然，生活在二十一世紀時代，應該享受現代化的物質文明；但請你放眼看看有多少人能隨心所欲得到物質滿足的？人，最可怕的是慾望，永遠沒有終止的一天。有了洋房的人想汽車，有了汽車，又想裝冷暖調節器，又想買新的牌子，最舒服的坐位；還要去國外觀光、旅行……投資大企業，把錢存在外國銀行裏。

這樣寫下去，我的文字也像人的慾望一樣，沒有完的時候。「知足常樂」，我個人是最讚美這句話的。來臺灣二十一年了，我仍然住在公家給我的破房子裏，我很「快樂」，只因爲我「知足」的緣故。

以上的話，不知道對不對？還請你多多指教。

三、「迷失的一代」，這已經成了青年們的口頭禪。他們正像你所說的沒有目標，沒有一定的方向。我想：他們大概看多了像王尚義一類的小說，於是受到感染，不滿意現實，整天叫着：「苦悶呀，苦悶！」「人生究竟有什麼意義呢？」「不如早點死了的好！」這種消極、頹廢、無病呻吟的思想，的確太可怕了！我以爲寫這類小說的人，比種鴉片，販賣毒品還要「殺人」厲害，青年朋友，假如不懂得選擇作品，什麼小說都抓來看，實在太危險了！不但浪費了最寶貴的光陰，而且有害身心；甚至連整個的前途都會斷送！

前天晚上，吳光華先生告訴我一件事，有三個初中女生，因為看小說而消沉，她們在週記上寫着願意走首仙仙的路，實在太可怕！過去在大陸，也有人看巴金的「滅亡」而走向滅亡之路的，我曾在桂林勸過巴金，請他把主題變成積極的，以免有讀者集體自殺的悲劇產生。

說得太多了，請你原諒！

即祝

進步

謝冰瑩上

五八、九、五

「散文研究」何處有？

謝教授：

您好！我雖然未曾瞻仰您的尊容，但我對您的大名並不陌生。我知道您出版過許多大作，但我因福緣淺，不但不能做到您的學生，而且在您的許多作品中我只看過「女兵自傳」和「仁慈的鹿王」這兩本罷了！但在慈航雜誌裏的青年信箱中，我看得出您是個熱誠、慈祥、和藹的長者。

我是個自幼在佛教道場中長大的佛弟子，就學於星洲女子佛學院，雖然時常得到師長大德門的慈悲指導；但我想是不够的，所以便期望着能時常得到您慈悲的教誨，就感激不盡了。

在第十四期的「慈航」裏，看到了您介紹的「散文研究」，所以我想請問您，在海外是否買得到呢？如果買不到，您可以告訴那出版社的地址給我函購嗎？叻幣多少？

您不會吝嗇一張相片給我吧！我希望能藉您的慈容，勉勵我的寫作精神。

恭請

教安

淨賢上

五五、八、廿二

淨賢小姐：

您太客氣了，你的信，非但沒有一點錯處，而且寫得文字流利，簡單扼要，可見你平時的用功。季薇先生的「散文研究」，海外是無法買到的，只有將叻幣包好附在信內，用掛號寄給作者本人，他收到信後，馬上會把書寄上。通訊處可寫：「臺北市大理街一百三十二號徵信新聞編輯部胡兆奇先生收。」至於書價，你寄他兩元叻幣，他會用掛號寄給你的。

相片另寄。 即祝

進步！

謝冰瑩上

五五、十二、十

「時勢造英雄」？

冰瑩先生：

前次承蒙您的答覆，使學生對那些問題才有了正確的理解。現在學生又有一些問題想向您請敎，請先生抽暇賜予指導。

前幾天，我們幾個同學爲了一個問題而發生了大辯論，題目是：「時勢造英雄」。正面的說：「沒有時勢，英雄就沒法塑造出來，如我國 國父孫中山先生，如非生在清朝頽敗時，而是生在乾隆時代，他何能成功呢？又何能成爲大英雄呢？」反面的說：「沒有英雄，又怎能改變時勢呢？如美國的林肯解放黑奴，就是一個最好的例子。」

冰瑩先生，以您的見解，你認爲那一方面是對呢？

此請

敎安

旅菲讀者曾文思敬上

五四、九、十五

文思同學：

你的問題，在我看來，實在太簡單，因爲你們的辯論，正反兩面都是對的，時勢可以造英雄，英雄也可以創造時勢；不過如果根據古今中外歷史上的例子來說，還是英雄造時勢的居多。

此祝

愉快

謝冰瑩上

五四、九、廿二

「三陽」與「三羊」

謝教授尊鑒：

在三月一日出版的「覺世旬刊」裏，曾經拜讀過一篇謝教授的大作，題目是「母羊的故事」，其中有「三陽開泰」一語。記得經常在新年時看見這話；但始終令學生不解，究竟「三陽」是什麼意思？懇求謝教授不吝教誨，以期突破迷津。

肅此恭請

誨安

學生楊正義拜上

五六、三、二

正義先生：

三月二日來信收到，謝謝！

關於三陽開泰的解釋，是新年祝福的頌詞。「三陽」，謂天地三陽元氣；「開泰」，謂開始佳運也，因陽與羊諧音，有人就寫作三羊開泰，還有人畫三隻羊來象徵三陽開泰的。這句話的意思是：一到春天，萬物皆蓬蓬勃勃地生長，萬事如意。

匆覆即祝

健康

謝冰瑩謹覆

五六、三、五

集郵有什麼益處？

謝老師：

我是旅菲僑生，也是慈航的讀者之一，當每期的慈航一到手，我必先看您的大作，以及由您所主答的「青年信箱」。因爲您的文章流暢，可謂「雅俗共賞」；而且您爲青年朋友所解答的難題，更是使我佩服。

謝老師：近來我正在拜讀您的名著——「我怎樣寫作」，在前面的「再版贅言」裏面，有着這麼幾句：「有時候，我把國外郵票收集成一個相當數目時，就在寄書的時候，每本夾上一兩張，讓同學們看到，發出一聲驚叫，我就得着很大的快樂了！」我看到這裏，使我覺得奇怪，因此我想出了幾個問題來請教您：

一、集郵有什麼益處呢？

二、怎樣集郵？買郵票可以算是集郵嗎？

三、那些國家出過有關佛教的郵票？我們怎樣才能搜集這些郵票呢？

謝老師：我想您對於集郵，一定很有研究，現在就讓我期待着您的賜教吧！　敬請

教安

讀者許越厦謹上

五五、二、十七

越厦同學：

一、你問集郵有什麼益處？這問題應該由集郵專家來解答的，因爲我集郵的歷史不到十年；而且我不是有計劃的集郵，只是爲了好玩，對它有興趣，從朋友們的來信上剪下來保存玩賞罷了。

有人說：集郵可以發大財，一張世界上最珍貴的郵票，可以賣到幾百幾千美金，因此許多人因爲集郵而致富。我沒有這個野心，從來我不想把郵票賣了去賺錢；我以爲集郵可以增加知識，也是一種學問，它包括動、植物、地理、歷史、文學、音樂、宗教等常識。集郵可以陶冶性情；可以養成有恒的好習慣，總之一句話，集郵的益處太多太多，希望你趕快實行！

二、我是不贊成買郵票的，只是和人家交換；因爲一來我沒有那麼多錢，二來我不是爲利，而是爲的興趣；不過你假若沒有郵票可以和人交換；而把買糖菓吃的錢節省下來去買你所愛的郵票，我也不反對。

三、泰國出的佛教郵票比較多，我可以送幾張給你；可是太少，請你原諒。祝你

集郵成功

謝冰瑩上

五五、三、一

看電影究竟好不好？

謝教授：

每個人都有他的嗜好，而我對於所謂第八藝術——電影，特別感到興趣。一有機會，我總想蹓進電影院去瞧它一場；萬一功課太忙了，每週無論如何，我也要撥出時間去欣賞一次，因此，同學們都笑我是一個「影迷」，有的師友甚至勸告我不宜多看那些武俠片，免得想入非非；如今我不禁感到迷惑了，所以特地奉函請您替我指示迷津。

一、看電影究竟好不好呢？

二、什麼性質的電影才值得看？

讓我先在此向您謝謝給我的寶貴教導。

敬請

撰安

岷市讀者黃建義上

五五、十二、二

建義先生：

一、看電影，對於寫作，大有幫助；但你一定要選擇，還要用批評的眼光去看它，不可抱着一個無聊消遣的目的。

二、值得看的電影片子，大約有以下幾種：

㈠歷史故事

㈡名人傳記

㈢科學發明

㈣各地風光

㈤有價值的文藝片子

㈥最好的音樂影片

㈦好的宗敎影片

至於看那些千篇一律的跳舞片子，愛情歌劇，耍刀玩槍的武俠片子，旣浪費寶貴的時間，又耗費你們父母用血汗換來的金錢，實在太可惜了！

此祝

愉快

謝冰瑩上

五六、一、十

考不上中學怎麽辦？

冰瑩先生：

我是最崇拜您的讀者之一，現在就讀臺中××女中初三，明年就要進高中了，除了國文一科外，數學和理科方面的功課很壞！我愛看小說，常常廢寢忘餐地閱讀，家母老是駡我沒出息，我只好忍受。

冰瑩先生：現在我有一個最困難的問題向您請敎：如果我明年畢不了業要留級，我怎麽辦？不能進高中，我唯有自殺！也許這是一種錯誤的思想，無奈我太愚蠢了，一定不能畢業的。唉！苦悶，苦悶，爲這個問題，我日夜不安，每天無心聽講，只好求您指示我的出路，回信越快越好！

敬祝

快樂

讀者惠如敬上

五六、八、一

惠如同學：

八月一日來信收到，謝謝。

你千萬不要想到自殺上去，那是最傻，最不值得，最不應該的！如果眞的留級，怕什麼？就留級好了，一定不止你一人，我想學校不會眞讓你們畢業生留級的，過去有例子嗎？對於你不喜歡理科，我要奉勸你勉爲其難，等高中畢業考上大學，就可以不讀它了，目前你無法不唸；還有一個辦法，你如不想讀高中、大學，進職業學校也可以。你自已儘管努力於文學研究，不知你的意見如何？最後，我還是希望你克服困難讀完高中，暫時把小說藏起來吧，等放了假再看不遲。

匆祝

進步

謝冰瑩上

五六、八、七

這封信寄到你府上的地址，被郵局退回了，只好在慈聲上發表，希望你能看到。

冰瑩又及

你是「男作家」？

親愛的冰瑩居士慈鑒：

光陰過得眞快，又是秋天了，遙想您玉體康安，萬事如意爲祝。

我很想和您做朋友，但不知您答應否？我在幾年前，已念念不忘您；却不知您在臺灣——祖國之住址；我在此作一簡單的「自我介紹」：我的名字是施星沙，生在安樂的中等家庭，年十六歲，僑居在菲律賓的馬尼拉，是位中國女孩子，愛好閱讀名著，詩歌、刊物。

我曾經閱讀過您的著作，在今日佛教、獅子吼、慈明、慈航、國文上面，我很希望能與您通信；如果您答應我作筆友，銘感良深！我很喜歡寫散文，希望您能贈我一本「馬來亞遊記」和一張玉照，我曾看過您與香港的覺光法師、蛙人合照的相片，信上如有錯字，請多多指導，下次再談。

順頌

著祺

星沙上

再者：請在回信寫明您在臺灣——自由祖國之住址，我去年在中正中學看見鮑校長夫人和您在操場照像，使我高興得要流淚，您能給我這張照片嗎？我很喜歡閱讀您的散文，我常聽人家說您——謝冰瑩是男作家，我對他們說您是位中國女作家，他(她)們不信，現在你站在她們面前，應該相信了吧！哈哈！

五三、五、三

星沙同學：

你一定覺得很奇怪，你五月三日寫給我的信，到今天才回，這種事，在我是很平常的；因爲讀者來的信太多了，往往到幾個月之後才覆他；有時地址變更了，信件退回來，我仍然保存着，像上面惠如小姐的信，就是一個例子。

你一定是個虔誠的佛敎徒，因爲你看了許多佛書，我很願意和你做筆友；不過我太忙，假如很久才回信，請你不要見怪。

我和鮑太太合照的相，因爲只有一張，我要留做紀念，不能送你，改天我另外送你一張好嗎？

非常抱歉，馬來亞遊記，早已賣光了，一本也不剩，等「海天漫遊」出版之後，一定送你一本做紀念。

你的信，最好以後全部寫白話文，力求簡潔，不要拖泥帶水，嚕哩嚕囌。我這樣說，未免太直率，太沒有禮貌，請你多多原諒，我想你一定了解我的出發點是誠意的，對你多少有點益處。

很多人以爲我是個男人，這是個很有趣的問題，直到今天，還有人寄喜帖來，上面寫着謝冰瑩先生、夫人收，你說好笑不好笑？

祝你

努力

謝冰瑩謹覆

五三、九、廿五

四、附錄

我所認識的林語堂先生

第一個印象

民國十六年的春天，一個星期日下午，在漢口中央日報社的副刊編輯室，我和兩位同學，第一次拜訪林語堂先生和孫伏園先生。

「要不是你們打氣，我是決不敢去會見大作家的。」

在上樓時，我對那兩位同學說。

「伏老，(卽孫伏園先生)我是在北平見過的，他最喜歡和年輕人做朋友；林先生雖沒會過，聽說他也是個平易近人的作家，你用不着害怕。」莫林說。

※　※　※

沒有經過傳達，我們自己走進了編輯室，經過莫林介紹之後，孫伏園先生微笑地指着一位大約三十多歲的紳士說：「這位是林語堂先生，我叫孫伏園。」

「久仰！久仰！」

艾斯連忙搶着說，我像個啞巴，只脫帽鞠了個躬。

穿着一件藏青色的長衫，嘴裏含着一支雪茄，清秀的面龐，嚴肅中帶着微笑，個子中等，說話慢條斯理，聲音柔和，態度親切，這就是林語堂先生第一次給我的印象。

孫伏園先生，比林先生要矮一點，而又胖得很多，一口黑黑的長髫鬚，兩隻稍爲突出的大眼睛，很像個法國神父。他穿着西裝，打領帶，彷佛是林先生的客人；其實他們兩人是同事，那時中央日報有英文版，林語堂先生主編英文副刊，孫伏園先生主編中文副刊，他們兩位都是國內外聞名的作家，有他們在武漢，中央日報不知增加了多少慕名的讀者。

「我長到這麽大，還是第一次看到女兵。」

伏老首先望着我開玩笑地說。

「我也一樣。女兵眞有精神，看起來和男兵一模一樣，沒有什麽分別。」

林語堂先生也附和着說。

由于他們兩人的目光都瞪着我看，使我有點難爲情，覺得臉上熱辣辣的。

「今天特地來拜訪您兩位我們最敬仰的作家，請在讀書和寫作兩方面，多多指導我們。」

艾斯不愧爲交際家，他首先說明來意。

于是伏園先生和林語堂先生來了個會心的微笑，互相推讓了一番，林先生說：

「談到讀書，我很慚愧！由中學到大學，我的時間都花在英文上面，直到大學畢業之後，才重新用毛筆寫漢字，拚命研究中文。我有一點點心得，可以告訴你們小朋友：（其實我只比他小十二歲）讀書，一定要選擇與自己興趣相投的；而且要專心一意地去讀，吸收他人著作中的精華，我相信用這種方法，讀一本書，抵得過別人讀十本書。

「至于寫文章，最要緊的是寫你自己心裏的話，要自然，要誠實，不要無病呻吟，不要狂妄浮誇，脚踏實地寫去，一定會成功的。」

這是多麼誠懇而對我們眞是一針見血的話，我們還沒有謝謝林先生，伏老笑着說：

「語堂先生是個博學多才的學者，他是苦學成名的，你們要好好地記住他的話。」

這時莫林突然站起來向孫先生行了個軍禮，我也跟着站起來，以爲要告辭了，原來他說：

「伏老，現在要聽您的教導了。」

「我對于求學，沒有像林先生一樣下過苦功夫，寫文章只是爲興趣而已，我和林先生由于朝夕相處的緣故，對他有深一層的了解，有些人以爲他反對打領帶，主張自由，就是不修邊幅的名士派，這是錯誤的。他的思想雖是崇尚自由，本于老莊，文字有時幽默放浪，而他的行爲是很拘謹的，他是孔孟的崇拜者，不論作人、做事，都是很認眞的。」

伏老說到這裏，語堂先生連忙打斷了他的話說：

「伏老，你這是怎麼回事？他們三位特地來向你叨教，你却『王顧左右而言他』，捧起我來了，不好！不好！」

在伏老撚着鬍鬚哈哈大笑聲中，結束了我們的訪問。看錶，我們歸隊的時間快到，只好匆匆地告別了。

二、彷彿做了一場夢

四十三年前的往事，像一幕幕電影似的在我眼前放映着，彷彿是昨天的事一般地印像鮮明，這是一個夢，一直到今天，我還把它當做夢一般看待。

在新堤的前線，一羣同學在圍着看中央日報副刊，太巧了，我的「寄自嘉魚」的前線通信，本來是寄給孫伏園先生私人的，不料却發表在副刊上了；更令我不敢相信的是這些通信，林語堂先生居然把它一篇篇譯成英文發表了！以一個未滿二十的女孩，而又是從鄉下出來的十足土包子，中學還沒有畢業，一點文學修養沒有，寫出來的文字，一定是不堪入目的，謬承孫、林兩位先生愛護與栽培，使我寫的那些歪歪斜斜的字，變成了正正當當的鉛字，我感到萬分惶恐，我不相信這是事實，只當做是一場夢，一場使我又興奮，又恐懼的夢，這夢是那麼長，一直到今天，我還沒有清醒過來。

唉！究竟這夢是幸還是不幸呢？

※　※　※

北伐告了一個段落，我已經從鄉下逃出來，飄泊到了上海，我認識的林語堂、孫伏園兩位先生，好心地勸我出版「從軍日記」。我婉言謝絕了！我覺得發表出來，已經太使我汗顏，出版更沒有勇氣。這時語堂先生告訴我，他已把我那幾篇譯文，收集在他的論文集裏面，由商務印書館出版，勸我無論如何不要固執己見，他說：

「你不要太菲薄自己了，你的『從軍日記』，儘管沒有起承轉合的技巧；但這是北伐時期最珍貴的史料，它有時代意義和社會意義，不出版，太可惜了，我要爲你作一篇序，你趕快補寫幾篇吧，原來的文章太少了！」

語堂先生這種提拔新人，培植後進的心太熱忱，太誠懇，太使我感動了！加上孫伏園先生也是和林先生一樣愛護我，栽培我的，于是從軍日記出版了，這是我的處女作，也是使我步入文壇的第一本不成熟的小册子，飲水思源，紀念林語堂先生，我無法不寫出這一段事實，也無法使我不永遠地，永遠地感激他和伏老。

三、語堂先生的爲人處世

在上海，我認識的朋友不多，經常留下我足跡的，是愚園路的林公館，和哈同路的貢獻社孫伏老的住處，還有柳亞子先生的家。

林先生有三位女公子，都長得聰明美麗，我看着她們長大，也抱過她們，逗她們在花園裏追趕蝴蝶，後來她們長大出洋，得了博士學位，如斯和無雙姊妹，還爲我那本「女兵自傳」譯成英文，叫做 GIRL REBEL，在紐約的 JOHN DAY 公司出版，語堂先生親自校對一遍，又寫了一篇序言介紹，那時他們全家都在美國，爲了譯這本書，曾和我通過好幾封信，他希望我拿到版稅後，就來美國遊歷一次，這志願，直到六年前才完成；而林先生已經息隱山水清幽的陽明山了。

因爲多次的與林先生接近領敎的關係，使我認識他和林夫人翠鳳女士的性格，他們兩人眞是人間少有的恩愛夫妻，非但從來不吵嘴，彼此溫柔體貼，恩愛異常，林夫人曾談起他們在德國四年的苦生活說：

「我們是第一次歐戰後到法國去的，語堂半工半讀，他在青年會打工，有了積蓄再赴德國。我做飯、洗衣、買菜，語堂洗碗，也幫着做家事，他很用功，四年後拿到博士，馬上回國。」

語堂先生從小受良好的家庭敎育，林老先生曾經把房子賣了，供給林先生昆仲上大學。從傳記文學十二卷十三期林先生的自傳裏，可以看到他是一個最誠摯坦白、熱情、和藹、淡泊名利、明辨是非的謙謙君子，他酷愛大自然，故鄉明媚的山水，孕育出他的文學天才，愛眞理、正義、自由，更愛同胞，愛祖國。

語堂先生對于寫作的興趣是多方面的，散文、小說、戲劇、舊詩、傳記文學他都寫過，而最擅長的還是小品文。他的「生活的藝術」、「剪拂集」、「大荒集」、「我的話」等，至今膾炙人口；「吾國與吾民」、「京華烟雲」、「逃向自由城」、「朱門」、「紅牡丹」，都是用英文寫的，前三書有中文譯本，對于「逃向自由城」，我曾爲文介紹過，這是一部最有力的反共文藝，可見作者的寫作態度是最嚴肅的，他在香港爲了搜集書中許多眞實的材料，不知付出多少寶貴的時間。

我最佩服林先生的科學精神和創造精神，他時時刻刻在研究，在思考。他說從小就想將來發明使井水向上流，現代的噴泉，不是達到目的了嗎？又說他從來不追悔過去的失敗，只展望將來；因此他不灰心，不失望，不消極，他的人生觀是樂觀的，達觀的，絕不是悲觀的，他喜歡清早醒來，躺在床上多思想，避免行動浮躁。

在作家裏面，他最崇拜袁中郎的小品文，當他從在「語絲」上面寫小品文開始，一直到創辦「論語」、「宇宙風」、「人間世」爲止，他始終是站在他一貫的立場，認爲小品文乃是發揮性靈，表現自我，言志、抒情的最佳體裁。當時有些衞道之士及左派嘍囉，大張撻伐；可是蜉蝣撼大樹，對于語堂先生的聲譽，非但無害，而且更使他名揚四海。

遙遠的祝福

語堂先生在他的四十生日詩中，曾有「一點童心猶未滅，半絲白鬢尙且無。」之句，他今年八十大壽，仍然不失其赤子之心，他在學術上的成就，決不是我這篇短文所能介紹的，他編過敎科書，編過英漢辭典，發明中文打字機，對于發揚我國文化，溝通中西文化，這一切一切的貢獻，實在太大太多了！

所可惜者，我遠居海外，不能在林先生壽誕之日，前來稱觴祝嘏，與大家同樂，謹在此祝賀

語堂先生與夫人：

齊眉介壽

永遠健康

老當益壯

文彩光芒

謝冰瑩 寫於六十三年九月九日

送雪林告別杏壇

每次和朋友談起雪林，最後總要來一個結論：「雪林太好，她太天眞了！」「大人者，不失其赤子之心。」雪林的天眞和赤子之心比誰都來得大。一些不了解雪林爲人的人，連想都想不到她是這麼天眞，這麼絲毫不懂世故，有如一塊渾然之璞。也許因爲太天眞的緣故，她曾碰過釘子，遭受過一些大大小小的打擊；但她是好心人，從不記恨，對於意見、思想、主張和她不相同的人，她能容忍；不過事關危害國家民族的罪惡，她就絕不寬假。她「嫉惡如仇」的精神，也爲這鄉愿世界所罕見。爲紀念她的告別杏壇，我竟不知道應該從何下筆；原因是她給我的印象太好、太深。現在我且談一談她的個性。

雪林是個愛好自由的人，寫文章不喜歡用稿紙，高興在白紙或十行紙上無拘無束地寫。我爲了愛護她的眼睛，上月特地送她一些託朋友由臺中買來的大格稿紙，不料她竟退還我，而且說：她用大格紙，文章反而寫不出來，這和我的愛寫大格恰恰相反。

雪林的悟性很大，可是記性很壞。她在十一二歲的時候，就開始寫日記。心裏有話，都寫在上面。有一次發現有人偷看她的日記，就一把火把它燒掉了。後來從民國二十六年起，又繼續她的日記，一直到現在沒有間斷。她的國學根柢很深，少年時代受蒲松齡聊齋誌異，和林琴南各種翻譯小說的影響很深。不論看什麼書，她都是把全副精神集中在上面，好的作品，她可以連看十來次。

小時候，雪林開始寫五六百字的五言古詩，和駢四儷六的古文，寫得有聲有色。民國八年，她考進北京女高師，（卽後來的國立北平女師大，不久男女合校，改爲國立北平師範大學。）受了五四新文化運動的影響，就從事新文藝寫作。當她十九歲那年，開始以童養媳爲題材寫小說；可是那一篇却是用古色古香的文言文寫成的。

由於她寫作非常認眞，通常一天只寫一二千字。她的學問領域博大精深，因此她的作品包羅萬象，有關科學、哲學、神話、藝術，應有盡有——小說、詩詞、散文、雜文、學術論文、神話、遊記……無一不寫；她並不是職業作家，僅靠着每年的寒暑假以及星期假日，埋頭寫作。近兩年來，她的生活比較寂寞；尤其在她的大姊去世以後，一個人住在臺南，朋友們都盼望她退休之後，來臺北定居，那時老朋友常常見面聊天，她就不會感覺寂寞了。

「助人爲快樂之本」，雪林總是有求必應，不說別人有困難，她樂於解囊相助，就是辦刊物的朋友找她寫文章，也從來不拒絕；而且限期繳卷，決不拖延。對於朋友信件，有來必覆；朋友之間對她有什麼誤會時，她總是以寬宏的度量原諒對方，絕不斤斤計較。

她的記性很壞，有時見了很多次面的學生，她也會「請問貴姓」。不知道她底細的人，以爲

「貴人多忘」，其實她眞是記憶力差。

她有一本朋友的地址電話簿，二十多年來沒有換過，已經到了報廢的程度了；但她捨不得換。雪林的一生，是很節儉刻苦的，她個人從來沒有享受過舒服的物質生活；可是款待朋友却很大方，喜歡弄一滿桌子的菜。來臺灣後，我們兩人在日月潭的敎師會館，曾經享受了一個星期的清福。回想起來，眞有無限感慨。現在她和我都受過傷，隨時有跌倒的可能，一個人不敢出門，此後還奢望遊山玩水嗎？

提到刻苦，我有很多話想寫，只怕雪林不高興。那年她離開師大去臺南成大執敎，我幫她清行李，看到一些發黃了的武漢大學的信紙、信封，有些縐了，有些缺角，我說：「雪林，我去買新的信紙、信封送你，這些都丟掉好嗎？」

「不要丟，不要丟，還可以用。」

「唉！這塊破抹布也帶去臺南嗎？」我把它從網籃裏丟出來，她又檢進去。

「破布，我留着擦皮鞋。」

她一面說，一面做手勢不讓我動手。我只好長嘆一聲，坐在書桌前，看她收拾，心裏却在想：一塊破布，幾張破紙，都捨不得丟的人，抗戰開始時，怎麼肯把半生辛辛苦苦賺來的稿費、薪水，買成五十多兩黃金獻給國家呢？而且一輩子負擔幾個窮親戚生活的一部份呢？雪林不高興我提起這件事，因爲她並非沽名釣譽的人。她默默地做了許多愛國愛人的工作，不願別人知道；

但我一定要寫出這些眞實的故事；至於她穿着破襪子，和補了又補的內衣，我不必細說了。

我說過，她彷彿像個大孩子，一點兒也不懂世故。她有一顆熱愛國家、愛朋友、愛人類的赤子之心；如果一定要找她的缺點，那就是她太容易激動。這也因爲她太熱情，遇事沒能冷靜地想想後果；可是並不影響她的爲人與治學。

說到治學，她是個「學不厭、敎不倦」的老敎育家，又是「五四」以來，一直到今天，在文壇上始終享有盛名的作家；然而雪林是那麼謙虛，她老是讚美朋友們的作品。她說她是個文壇的打雜者，假使打雜的能像她這樣有成就，那麼我也情願打雜去了。

我信手寫一些她的小故事，以博老朋友之一粲。並在這兒爲她祈禱，老當益壯，退休後多多創作偉大的作品出來；至於雪林的著作，因限於篇幅，將另爲文介紹。

六三、二、十五夜於潛齋

我讀麗貞的「李漁研究」

民國四十八年的秋天，師大上課不久，在國文系二年級上新文藝的教室裏，我第一次看到一位瘦小個子，戴着近視眼鏡，面目清秀，沉默寡言，常露微笑的女孩。

我照例發給他們每人一張調查表，請他們塡答十幾個問題：其中包括他們的姓名、年齡、籍貫，以及她過去看了哪些世界名著，愛好哪種形式的文藝作品等等。有的連十本世界名著的例子都舉不出來；而黃麗貞，這位來自香港的僑生，不但列出書名，連作者的名字也寫出來了。及到看了她的第一篇文章，詞句優美流利，內容充實新穎，才知道她是一個非常用功的好學生；畢業時，她是成績最優勝者，因此被留在系裏當助教。

※　　※　　※　　※

「麗貞生了個雙胞胎。」

當我聽到叔年告訴我這個消息時，我眞是驚喜萬分！想不到這麼瘦弱的麗貞，肚子裏能裝兩個小寶寶，實在難以令人相信，我馬上買了奶粉去看她。那時，他們住在師大圖書館後面一間小平房裏，祖燊上課去了，只有麗貞一人在照顧兩個嬰兒。我走近一看，眞好玩兒，小得像兩個一尺長的洋娃娃，閉着眼睛，長得一模一樣。

「妳怎樣區別他們呢？誰是哥哥？誰是弟弟？」

「這個先下來，取名方宗舟，他是弟弟，叫做宗苞。」

麗貞含着微笑爲我說明。

「好，以後够你們兩人忙的了；不過，我眞爲你高興，妳的肚子只痛一次，却生下了兩個小壯丁，太便宜你了，哈哈！」

於是我們兩人都大笑起來。

從此祖燊和麗貞，每天日夜，都在爲小傢伙忙；我眞替他們躭心，小夫妻倆都是屬於瘦子型的，如何受得了？幸虧他們的身體很結實，沒有雇佣人，一面教書、著作，一面管家，照顧孩子。在這一段艱苦的歲月裏，不知道含有多少辛酸；不過我相信他們的精神是愉快的，興奮的，因爲一來眼看着孩子的成長，由牙牙學語，到現在上及人小學五年級。其中不知經過多少甘苦，眼看着孩子由無知進到懂事，努力用功，內心的快樂，只有過來人才了解；二來他們伉儷兩人都是同行，從事學術研究，雖在教課與家務繁忙之中，日夜抽出時間來寫作，精神上有了寄託，人生便有意義了。

※　※　※　※

當五十七年，麗貞「金元北曲語彙之研究」出版的時候，我就驚訝，她從那兒來的這許多時間呢？接着六十一年又在商務印書館出版了「南劇六十種曲情節俗典諺語方言研究」；今年二月，當我從她的手裏接讀「李漁研究」的時候，我太高興了！因爲我也是個喜歡讀笠翁作品的人。雖然他的思想多多少少和我們現在的生活有點距離；但他「那種坦白的性情，豪放的襟懷，在窮困中尋樂的達觀態度」（引作者自序），是我最欣賞的。特別是李笠翁的天才是多方面的，不論詩、詞、曲、賦、傳奇、小說、散文……無一樣不精，無一篇不美。過去，我只是零零碎碎看過他的作品，這回我從頭到尾讀了一遍麗貞編著的這本「李漁研究」，可以說很容易地找到了一條欣賞笠翁作品的門徑。我佩服麗貞的恒心和毅力，她把七八年來所讀笠翁各種作品的研讀心得，從五十九年年底開始，整整花了三年多，寫成這本二十四萬餘字的巨著。

記得我在講授「新文藝習作」課程的時候，特別注重隨時隨地蒐集材料，在看書的時候，要準備筆記本，寫下重要的資料，抄下那些優美的詞句，有關歷史的材料，務必要眞實可靠。麗貞對於笠翁的每一件事跡，都有可查的根據，她在評傳文後的附註，多達二百四十八條，幾乎每句詩，每句話，每件事，都有根據的。這種認眞研究的精神，實在太難得了！

※　　※　　※　　※

李笠翁眞不愧是一個天才作家，他的知識淵博，學問的接觸面很廣。他懂得美容、相面，琴棋書畫，無一不曉；對於園亭設計，花木栽培，古玩，烹飪，無一不精；而在學術方面，最有貢獻的是他的芥子園出版社。別的出版且不去管他，單就「芥子園畫譜」這部書，就可以藏之名山，傳之久遠了。

笠翁自己的生活，已經到了苦不堪言的地步；可是他仍然以學術為重，經營出版社，以弘揚中國固有的優美文化為己任。他的作品因為銷路好，所以有人替他翻版，可見作家的版權，從古代就沒有保障；到了現代，更加變本加厲，不是翻版偷印，便是把作家們比較好的文章選出來，印成甚麼「選集」，沒有報酬，也不通知一聲，甚至還有更可笑的是：我曾收到一封這樣的信：「你的大作被選上了，請代銷一百本，好嗎？」看了之後，眞令人啼笑皆非。

※　　※　　※　　※

「麗貞，你眞能幹，在你家事與課業這麼繁忙當中，能够寫出這麼有系統，條理清晰的著作，實在太令我佩服了！」

「哪裏，哪裏，老師太過獎了，這本書雖然花費了我許多精神和時間，祖燊給我一句評語『寫得不錯』算是對我的鼓勵；可是我自己並不滿意。」麗貞謙虛地說。

「這就是你的進步，希望在不久的將來，我能讀到你第四部、第五部你最滿意的作品。」

六三、五、三於潛齋

充滿了詩情畫意的白茶小品

當我正在感到寂寞的時候，收到子培用航空寄給我的「白茶小品」，這是季薇先生的近作。首先引起我喜愛的是封面，雅致、活潑、大方，從美的觀點來說，這的確是一幅好畫；可惜作者沒有註明設計的是誰，也許就是季薇的傑作，他是有繪畫天才的。由他這本「白茶小品」裏，更可以證明，他用各種色彩的文字，寫成了這本「像一袋什錦水果糖」的作品，除了「檸檬」我怕酸外，（加點糖就很好喝了。）香蕉、桔子，都是我最喜愛的，正如卷首語所說，各種糖都有，隨各人的所好去品嘗。

說也奇怪，這是一本有很大吸引力的書，它到了我的手上，就不能放下了。我的眼睛像鐵，書上的每一個字像磁，是那麼緊緊地吸住了我，一個字也不放過；更奇怪的是，我讀完了整本書，還沒有發現「檸檬」，也許早就加了蜂蜜，所以我只覺得甜，沒有嘗到酸。

※　※　※　※

從中學時代起，我的二哥就告訴我，看書一定要寫筆記，現在還有這種好習慣，（朋友，請千萬別笑我用這個「好」字，並非指我好，而是讚美這「習慣」兩字。）現在讓我抄一部份筆記在這裏，特別聲明，我並不是有意作文抄公，而是我這可憐貧乏的腦子裏，找不出美好的形容辭來贊美「白茶小品」，爲什麼不把作者自己的文章，偷一點來呢？

讓我順着秩序介紹吧：

九十一頁的「風雨故人來」，是最吸引我百讀不厭的好文章，原因是我和季薇先生一樣，特別重視友情，正像他說的「朋友不嫌多；仇敵即使只有一個，也已經太多了！」（九十二頁）

「友誼無價，友誼無色，友誼透明；有錢能買的是貨品，塗上功利色彩是俗物，唯純潔才有光彩。」

「友情是山間明月，友情是水上清風，友情是樽中好酒，越陳越香；事業和理想應該新，朋友交情不嫌舊。」

「人如魚，友誼如水，魚是離不開水的。」是的，朋友應該「互諒、互信、互助、互愛。」唉呀！不得了，這麼抄下去太多太多，靑副的編者，或許以爲我在打稿費的算盤，還是少抄一點吧。

朋友，爲了我要將我認爲最美、最使我感動，讀了又讀的佳作，給你作一個提綱挈領的介紹，請翻看一〇四頁的「雲」。

「雲，撐着雪白的大翅膀，緊貼着靑山的背脊飛翔。」

本來還想抄下去，奈何好句子太多，還是請讀者自己慢慢地欣賞吧。

接着請看「海鷗」（一一三頁），「英雄禮讚」（一二三頁），「黑薔薇」（一三一頁），描寫金門砲戰，中外記者六人，和海軍三位烈士殉難的史實，文章雖短；可是讀後，我心中充滿了敬佩、悲壯的感想。

「美的聯想」（一四七頁），「山海豪情」（一五二頁），「野柳無柳」（一五七頁），「橫貫探幽……」（一六六頁），這幾篇文章，其所以特別使我喜愛的理由，是這些地方，我都去過，也讀過不少有關這幾處的遊記文章；可是沒有像季薇先生寫得這麼美，這麼傳神，如詩、如畫；自然，我是絕對寫不出來的。

※　※　※

這時候是舊金山的早晨六點，電視裏正放映着秀蘭鄧波兒的片子，平日我是最喜歡看的，今天我的腦海裏被「白茶小品」整個地佔有了，我要把打算寫這篇文章的計劃實現。

朋友，本來想再抄一點；但是時間不許可了，奈何！

最後，我還要告訴朋友們，讀過「白茶小品」之後；我已經體會到「好書不厭百回讀」的滋味了。

六四（一九七五）二月二日清晨于舊金山

寫在書後

黃麗貞

在香港上中學的時候，透過「女兵自傳」，我就認識了謝冰瑩老師，對於她亟求眞理那種鍥而不捨的精神，由衷地欽佩。後來我回國入師大繼續學業，民國四十八年的秋天，在大二的課程裏，謝老師擔任我們的「新文學習作」，有機會做一向敬佩的人的學生，心中的欣喜可知；在謝老師一年的教導中，我更切實地認識了謝老師的爲人。

謝老師給我的第一個印象，是那樣地平和而親切。還記得第一天上課，因爲未有教本，謝老師的「開場白」並非在教室裏隨便打發過去的，她帶我們全班同學到圖書館前的草地上，沐浴着深秋溫和的陽光，在師生融融的情感裏，指示我們讀書的方法，寫作的道理。她說：「凡讀書一定要寫札記；時時要記下自己對人物的觀感，是學習寫作的第一步。」這幾句話在經過了十幾年後的今天，我還不曾淡忘，也是我平日讀書和寫作時的指針。那時每週上謝老師的課，最輕鬆也最高興，她不會念些睏人的學理，而是爲我們分析一些古今名家作品的技巧，從中我們就可以領悟出寫作的道理。每次考試，幾個高分的同學，老師都贈送她的著作作爲獎品；每張考卷，她都逐字細看。記得有一次我的試卷寫了一個錯字，被老師扣了一分，雖然我還是得到了獎品，心中却一直很慚愧，每次執筆寫字，記起這件事，就自然更謹愼地下筆了；也從而領悟到做老師的人，卽使一字的改正，這種認眞的精神，給學生的影響是很大的。今天自己也忝爲人師，還時時以謝老師的不苟精神警惕自己。

謝老師平日的生活，實在不是一個「忙」字可以形容得了的，她在學校是個認眞的老師，在家就是忙碌的主婦、慈愛的母親，加上那許多崇拜她的讀者，因此文債永遠還不完，國內、國外爭相邀請她去講演，而她又是個不會叫人失望的人，我時時懷疑她的時間是怎樣去分配的？甚至對於讀者的來信，她不管如何忙，總是「有來必覆」；又在覆信中，卽使讀者在來信中寫錯了一個字，用錯了標點，她也不厭其煩地在回信中告訴他，把那個讀者也當成自己的學生一般去教導，所以也就更爲她的忙碌添了許多額外的事情；但她從不抱怨，只是偶然說：「實在忙死了。」

我大二下學期，某單位請她參觀基隆港外海，她特別帶了班上幾位同學去，沿途又教我們如何記下參觀過程的重點，如何描寫所見到的事物，叫我們一一記下，以便學習寫遊記。至今我雖然還沒有走上寫作之路，但謝老師的敎誨，沒有一刻忘懷，並且時常在執筆、教學時得到印證。

前年，謝老師因健康關係退休了，又兩次赴美探望子女和小孫兒，雖然不能再親聆她的敎誨，但書信間，永遠透露着那樣和藹親切的情感。去年九月，她再次赴美，臨行時交給我一部題名「寫作問答」的書稿，囑咐我代爲整理編排。這些稿，多數是她以前爲慈航雜誌，主持青年信箱時，回答讀者問題的覆信，因爲臺北力行書局的堅請，把它們集刊成書，讓更多青年和學生，得到她諄諄誨人的嘉言。我一一讀完全稿之後，發覺全書是指示一般青年人如何讀書、怎樣寫作、以及一些關於修身、信仰等問題，因此，就按着每封信的內容，把全稿分成「關於讀書」、「關於寫作」、「其他」三類；又建議謝老師改名爲「冰瑩書柬」。謝老師回信表示同意，又寄來四篇附錄的文章，共成十五萬字左右。

這本書，對於初學寫作的青年朋友，特別是中學生，自然很有幫助。從這些書信中，讀者除了獲得讀書、寫作的入門途徑外，還可以領受到我前面所說關於謝老師待人的那種和藹、親切、循循善誘的精神，和她「連一個錯字、一個標點也不放過」的認眞態度，以及「來信必覆」的誠懇，這都不是讀那些只說理論的書籍時，所能感受到的精神鼓勵。

這篇編後記，並非誇耀我爲老師做一點小事的光榮，而是承謝老師的吩咐，叫我寫幾句話，作爲師生合作的紀念。在我來說，這點小事，是不值一提的。

七三（一九八四）五月十九夜十二點於師大

滄海叢刊已刊行書目（八）

書名	作者	類別
文學欣賞的靈魂	劉述先	西洋文學
西洋兒童文學史	葉詠琍	西洋文學
現代藝術哲學	孫旗譯	藝術
音樂人生	黃友棣	音樂
音樂與我	趙琴	音樂
音樂伴我遊	趙琴	音樂
爐邊閒話	李抱忱	音樂
琴臺碎語	黃友棣	音樂
音樂隨筆	趙琴	音樂
樂林蓽露	黃友棣	音樂
樂谷鳴泉	黃友棣	音樂
樂韻飄香	黃友棣	音樂
樂圃長春	黃友棣	音樂
色彩基礎	何耀宗	美術
水彩技巧與創作	劉其偉	美術
繪畫隨筆	陳景容	美術
素描的技法	陳景容	美術
人體工學與安全	劉其偉	美術
立體造形基本設計	張長傑	美術
工藝材料	李鈞棫	美術
石膏工藝	李鈞棫	美術
裝飾工藝	張長傑	美術
都市計劃概論	王紀鯤	建築
建築設計方法	陳政雄	建築
建築基本畫	陳榮美 楊麗黛	建築
建築鋼屋架結構設計	王萬雄	建築
中國的建築藝術	張紹載	建築
室內環境設計	李琬琬	建築
現代工藝概論	張長傑	雕刻
藤竹工	張長傑	雕刻
戲劇藝術之發展及其原理	趙如琳譯	戲劇
戲劇編寫法	方寸	戲劇
時代的經驗	汪琪 彭家發	新聞
大衆傳播的挑戰	石永貴	新聞
書法與心理	高尚仁	心理

滄海叢刊已刊行書目(七)

書名	作者	類別
印度文學歷代名著選(上)(下)	糜文開編譯	文學
寒山子研究	陳慧劍	文學
魯迅這個人	劉心皇	文學
孟學的現代意義	王支洪	文學
比較詩學	葉維廉	比較文學
結構主義與中國文學	周英雄	比較文學
主題學研究論文集	陳鵬翔主編	比較文學
中國小說比較研究	侯健	比較文學
現象學與文學批評	鄭樹森編	比較文學
記號詩學	古添洪	比較文學
中美文學因緣	鄭樹森編	比較文學
文學因緣	鄭樹森	比較文學
比較文學理論與實踐	張漢良	比較文學
韓非子析論	謝雲飛	中國文學
陶淵明評論	李辰冬	中國文學
中國文學論叢	錢穆	中國文學
文學新論	李辰冬	中國文學
離騷九歌九章淺釋	繆天華	中國文學
苕華詞與人間詞話述評	王宗樂	中國文學
杜甫作品繫年	李辰冬	中國文學
元曲六大家	應裕康 王忠林	中國文學
詩經研讀指導	裴普賢	中國文學
迦陵談詩二集	葉嘉瑩	中國文學
莊子及其文學	黃錦鋐	中國文學
歐陽修詩本義研究	裴普賢	中國文學
清真詞研究	王支洪	中國文學
宋儒風範	董金裕	中國文學
紅樓夢的文學價值	羅盤	中國文學
四說論叢	羅盤	中國文學
中國文學鑑賞舉隅	黃慶萱 許家鸞	中國文學
牛李黨爭與唐代文學	傅錫壬	中國文學
增訂江皋集	吳俊升	中國文學
浮士德研究	李辰冬譯	西洋文學
蘇忍尼辛選集	劉安雲譯	西洋文學

滄海叢刊已刊行書目㈥

書名	作者	類別
卡薩爾斯之琴	葉石濤	文學
青囊夜燈	許振江	文學
我永遠年輕	唐文標	文學
分析文學	陳啓佑	文學
思想起	陌上塵	文學
心酸記	李喬	文學
離訣	林蒼鬱	文學
孤獨園	林蒼鬱	文學
托塔少年	林文欽編	文學
北美情逅	卜貴美	文學
女兵自傳	謝冰瑩	文學
抗戰日記	謝冰瑩	文學
我在日本	謝冰瑩	文學
給青年朋友的信(上)(下)	謝冰瑩	文學
冰瑩書柬	謝冰瑩	文學
孤寂中的廻響	洛夫	文學
火天使	趙衞民	文學
無塵的鏡子	張默	文學
大漢心聲	張起鈞	文學
回首叫雲飛起	羊令野	文學
康莊有待	向陽	文學
情愛與文學	周伯乃	文學
湍流偶拾	繆天華	文學
文學之旅	蕭傳文	文學
鼓瑟集	幼柏	文學
種子落地	葉海煙	文學
文學邊緣	周玉山	文學
大陸文藝新探	周玉山	文學
累廬聲氣集	姜超嶽	文學
實用文纂	姜超嶽	文學
林下生涯	姜超嶽	文學
材與不材之間	王邦雄	文學
人生小語(一)(二)	何秀煌	文學
兒童文學	葉詠琍	文學

滄海叢刊已刊行書目(五)

書名	作者	類別
中西文學關係研究	王潤華	文學
文開隨筆	糜文開	文學
知識之劍	陳鼎環	文學
野草詞	韋瀚章	文學
李韶歌詞集	李韶	文學
石頭的研究	戴天	文學
留不住的航渡	葉維廉	文學
三十年詩	葉維廉	文學
現代散文欣賞	鄭明娳	文學
現代文學評論	亞菁	文學
三十年代作家論	姜穆	文學
當代臺灣作家論	何欣	文學
藍天白雲集	梁容若	文學
見賢集	鄭彥棻	文學
思齊集	鄭彥棻	文學
寫作是藝術	張秀亞	文學
孟武自選文集	薩孟武	文學
小説創作論	羅盤	文學
細讀現代小説	張素貞	文學
往日旋律	幼柏	文學
城市筆記	巴斯	文學
歐羅巴的蘆笛	葉維廉	文學
一個中國的海	葉維廉	文學
山外有山	李英豪	文學
現實的探索	陳銘磻 編	文學
金排附	鍾延豪	文學
放鷹	吳錦發	文學
黃巢殺人八百萬	宋澤萊	文學
燈下燈	蕭蕭	文學
陽關千唱	陳煌	文學
種籽	向陽	文學
泥土的香味	彭瑞金	文學
無緣廟	陳艷秋	文學
鄉事	林清玄	文學
余忠雄的春天	鍾鐵民	文學
吳煦斌小説集	吳煦斌	文學

滄海叢刊已刊行書目㈣

書名	作者	類別
歷史圈外	朱桂	歷史
中國人的故事	夏雨人	歷史
老臺灣	陳冠學	歷史
古史地理論叢	錢穆	歷史
秦漢史	錢穆	歷史
秦漢史論稿	刑義田	歷史
我這半生	毛振翔	歷史
三生有幸	吳相湘	傳記
弘一大師傳	陳慧劍	傳記
蘇曼殊大師新傳	劉心皇	傳記
當代佛門人物	陳慧劍	傳記
孤兒心影錄	張國柱	傳記
精忠岳飛傳	李安	傳記
八十憶雙親 師友雜憶 合刊	錢穆	傳記
困勉強狷八十年	陶百川	傳記
中國歷史精神	錢穆	史學
國史新論	錢穆	史學
與西方史家論中國史學	杜維運	史學
清代史學與史家	杜維運	史學
中國文字學	潘重規	語言
中國聲韻學	潘重規 陳紹棠	語言
文學與音律	謝雲飛	語言
還鄉夢的幻滅	賴景瑚	文學
葫蘆・再見	鄭明娳	文學
大地之歌	大地詩社	文學
青春	葉蟬貞	文學
比較文學的墾拓在臺灣	古添洪 陳慧樺 主編	文學
從比較神話到文學	古添洪 陳慧樺	文學
解構批評論集	廖炳惠	文學
牧場的情思	張媛媛	文學
萍踪憶語	賴景瑚	文學
讀書與生活	琦君	文學

滄海叢刊已刊行書目㈢

書名	作者	類別
不疑不懼	王洪鈞	教育
文化與教育	錢穆	教育
教育叢談	上官業佑	教育
印度文化十八篇	糜文開	社會
中華文化十二講	錢穆	社會
清代科舉	劉兆璸	社會
世界局勢與中國文化	錢穆	社會
國家論	薩孟武譯	社會
紅樓夢與中國舊家庭	薩孟武	社會
社會學與中國研究	蔡文輝	社會
我國社會的變遷與發展	朱岑樓主編	社會
開放的多元社會	楊國樞	社會
社會、文化和知識份子	葉啓政	社會
臺灣與美國社會問題	蔡文輝 蕭新煌 主編	社會
日本社會的結構	福武直 著 王世雄 譯	社會
三十年來我國人文及社會科學之回顧與展望		社會
財經文存	王作榮	經濟
財經時論	楊道淮	經濟
中國歷代政治得失	錢穆	政治
周禮的政治思想	周世輔 周文湘	政治
儒家政論衍義	薩孟武	政治
先秦政治思想史	梁啓超原著 賈馥茗標點	政治
當代中國與民主	周陽山	政治
中國現代軍事史	劉馥著 梅寅生譯	軍事
憲法論集	林紀東	法律
憲法論叢	鄭彥棻	法律
師友風義	鄭彥棻	歷史
黃帝	錢穆	歷史
歷史與人物	吳相湘	歷史
歷史與文化論叢	錢穆	歷史

滄海叢刊已刊行書目(二)

書名	作者	類別
語言哲學	劉福增	哲學
邏輯與設基法	劉福增	哲學
知識·邏輯·科學哲學	林正弘	哲學
中國管理哲學	曾仕強	哲學
老子的哲學	王邦雄	中國哲學
孔學漫談	余家菊	中國哲學
中庸誠的哲學	吳怡	中國哲學
哲學演講錄	吳怡	中國哲學
墨家的哲學方法	鐘友聯	中國哲學
韓非子的哲學	王邦雄	中國哲學
墨家哲學	蔡仁厚	中國哲學
知識、理性與生命	孫寶琛	中國哲學
逍遙的莊子	吳怡	中國哲學
中國哲學的生命和方法	吳怡	中國哲學
儒家與現代中國	韋政通	中國哲學
希臘哲學趣談	鄔昆如	西洋哲學
中世哲學趣談	鄔昆如	西洋哲學
近代哲學趣談	鄔昆如	西洋哲學
現代哲學趣談	鄔昆如	西洋哲學
現代哲學述評(一)	傅佩榮譯	西洋哲學
懷海德哲學	楊士毅	西洋哲學
思想的貧困	韋政通	思想
不以規矩不能成方圓	劉君燦	思想
佛學研究	周中一	佛學
佛學論著	周中一	佛學
現代佛學原理	鄭金德	佛學
禪話	周中一	佛學
天人之際	李杏邨	佛學
公案禪語	吳怡	佛學
佛教思想新論	楊惠南	佛學
禪學講話	芝峯法師譯	佛學
圓滿生命的實現（布施波羅蜜）	陳柏達	佛學
絕對與圓融	霍韜晦	佛學
佛學研究指南	關世謙譯	佛學
當代學人談佛教	楊惠南編	佛學

滄海叢刊已刊行書目(一)

書名	作者	類別
國父道德言論類輯	陳立夫	國父遺教
中國學術思想史論叢(一)(二)(三)(四)(五)(六)(七)(八)	錢穆	國學
現代中國學術論衡	錢穆	國學
兩漢經學今古文平議	錢穆	國學
朱子學提綱	錢穆	國學
先秦諸子繫年	錢穆	國學
先秦諸子論叢	唐端正	國學
先秦諸子論叢(續篇)	唐端正	國學
儒學傳統與文化創新	黃俊傑	國學
宋代理學三書隨劄	錢穆	國學
莊子纂箋	錢穆	國學
湖上閒思錄	錢穆	哲學
人生十論	錢穆	哲學
晚學盲言	錢穆	哲學
中國百位哲學家	黎建球	哲學
西洋百位哲學家	鄔昆如	哲學
現代存在思想家	項退結	哲學
比較哲學與文化(一)(二)	吳森	哲學
文化哲學講錄(一)(二)(三)(四)	鄔昆如	哲學
哲學淺論	張康譯	哲學
哲學十大問題	鄔昆如	哲學
哲學智慧的尋求	何秀煌	哲學
哲學的智慧與歷史的聰明	何秀煌	哲學
內心悅樂之源泉	吳經熊	哲學
從西方哲學到禪佛教 —「哲學與宗教」一集—	傅偉勳	哲學
批判的繼承與創造的發展 —「哲學與宗教」二集—	傅偉勳	哲學
愛的哲學	蘇昌美	哲學
是與非	張身華譯	哲學